알프스를
걷다

알프스를
걷다

융프라우-마터호른-몽블랑
3대 미봉 트레킹 여행

초판 1쇄 발행일 2024년 4월 12일

지은이   김송호
펴낸이   이원중

펴낸곳 지성사   출판등록일 1993년 12월 9일   등록번호 제10-916호
주소 (03458) 서울시 은평구 진흥로 68, 2층
전화 (02) 335-5494   팩스 (02) 335-5496
홈페이지 www.jisungsa.co.kr   이메일 jisungsa@hanmail.net

ISBN 978-89-7889-549-1 (03810)

잘못된 책은 바꾸어드립니다. 책값은 뒤표지에 있습니다.

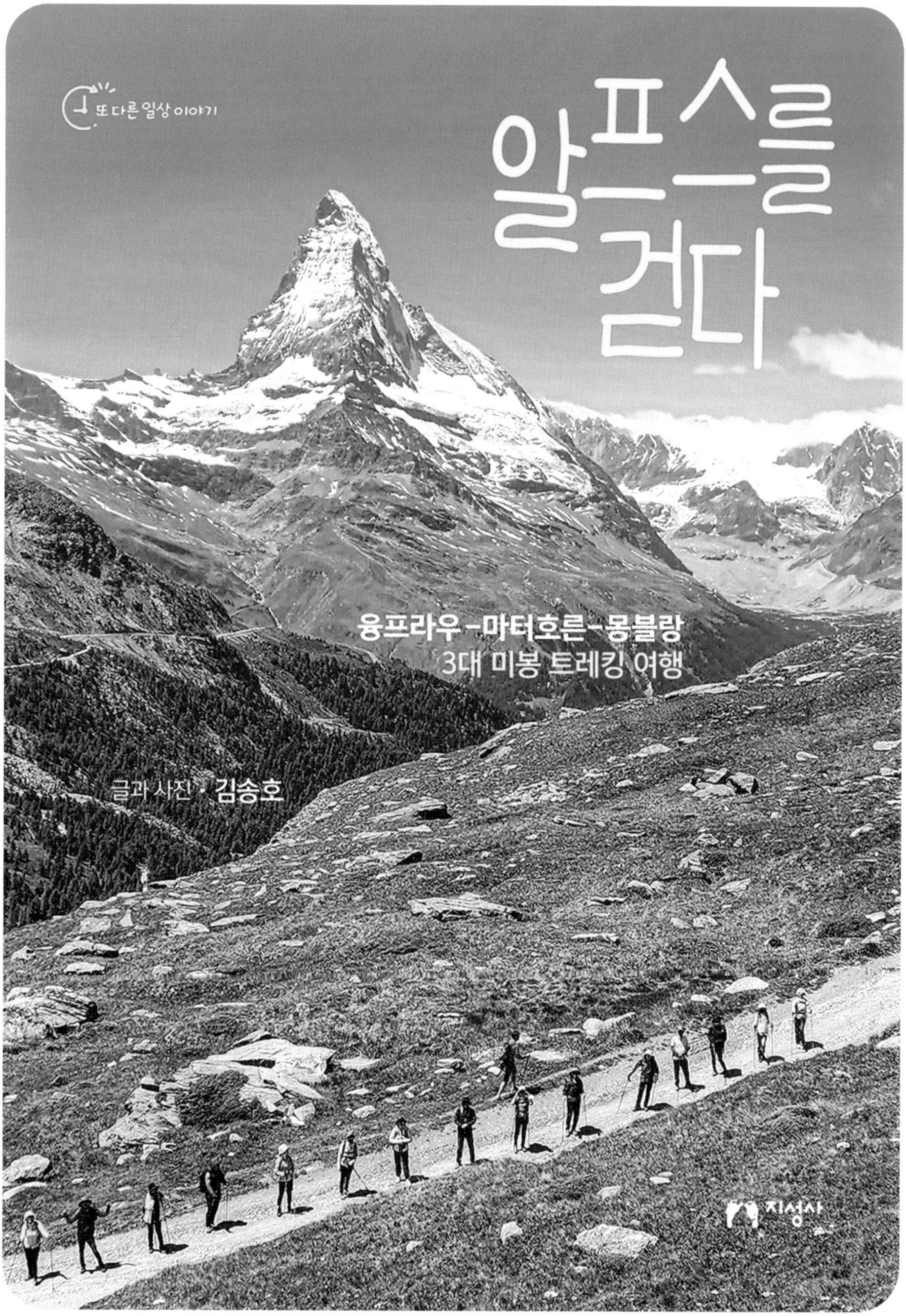
또 다른 일상 이야기
알프스를 걷다
융프라우-마터호른-몽블랑
3대 미봉 트레킹 여행
글과 사진 · 김송호
지성사

여행은
말문이 막히게 하고,
이야기꾼이 되게 한다.

이븐 바투타
(1304~1368년, 중세 이슬람의 위대한 여행가)

아, 알프스!

"일생에 단 한 번 해외여행을 갈 수 있는 사람이 있다면, 그에게 어디를 추천하고 싶은가?"

몇 년 전, 주변 사람들에게 이런 질문을 던졌고 많은 사람이 장가계(張家界)를 추천해서 장가계 여행을 다녀왔다. 그런데 패키지로 다녀온 장가계 여행은 그리 만족스럽지 않았다.

〈아바타〉 영화에 나온다는 신비한 모양의 바위가 있는 자연 풍광은 한 번쯤 꼭 볼 만하다 싶을 만큼 빼어나 그곳을 추천한 사람들의 판단에 수긍이 가는 측면이 분명히 있었다.

그래도 수많은 관광객 사이를 비집고 다녀야 하는 불편함, 끝없이 이어지는 계단을 오르내려야 하는 수고로움, 지저분한 화장실과 숙소에 대한 불쾌함 등은 다시는 겪고 싶지 않은 기억으로 남아 있다.

이런 좋지 않은 여건쯤이야 중국의 현지 시장이 그러니 어쩌겠느냐고 넘어갈 수 있다고 치자. 장가계를 여행하는 동안 현지 가이드는 틈만 나면 쇼핑하라고 여기저기 데리고 다니고, 선택 관광을 위협조로 강요하고, 가이드와 운전사 팁을 대놓고 요구했다.

나는 패키지여행을 하는 동안 겪은 부당한(?) 처우를 더는 겪고 싶지 않다는 생각에 앞으로 패키지여행을 하지 않겠다고 다짐했다.

나중에 안 사실이지만, 가격으로만 경쟁하는 패키지여행의 속성상 저가 경쟁을 할 수밖에 없고, 그 결과 정당한 비용을 보전받지 못하는 현지 여행사가 살아남기 위해 그럴 수밖에 없다는 점을 어느 정도 이해는 하게 되었다. 그렇다고 패키지여행을 다시 가고 싶다는 마음이 생긴 것은 결코 아니다.

그 뒤로 일반 패키지여행은 갈 기회도 없었지만, 설사 기회가 생기더라도 가고 싶지 않아서 거들떠보지도 않았다. 또 자유여행을 하려고 노력하지도 않았다. 직장을 다니면서 자유여행을 하기엔 별로 여유가 없다는 것이 표면적인 이유였다.

그러나 그보다는 자유여행을 계획하고 실행하려는 적극적인 마음과 용기가 부족했던 게 가장 컸다. 해외 출장 중에 자연스럽게 근처를 둘러보며 여행에 대한 욕구를 어느 정도 해소한 것도 내가 자유여행을 적극적으로 추진하지 않은 또 다른 이유인 듯하다.

자유여행과 패키지여행이라는 두 가지 여행 형태만 있다고 생각하던 나에게, 2023년 6월 30일부터 7월 10일까지 9박 11일 일정으로 다녀온 알프스 3대 미봉 여행은 여행의 새로운 면모를 깨닫는 계기가 되었다.

사실 이번 알프스 3대 미봉 여행과 가장 유사한 여행으로 코로나 직전에 계획했던 네팔의 안나푸르나 트레킹이 있었다. 그런데 함께 가기로 했던 친구 중 한 명이 사정이 생겨서 다음 해 봄으로 연기했는데, 코로나가 터지는 바람에 안나푸르나 트레킹은 결국 실행되지 못했다.

그런 아쉬움을 안고 있던 차에 알프스 3대 미봉 트레킹 소식을 듣고 바로 가기로 한 것이다. 또다시 미룬다면 해외 트레킹 여행을 더는 갈 수 없으리라는 절박함에 따른 결정이었다.

결론적으로 이 알프스 3대 미봉 여행은 나에게 아주 큰 감동을 안겨주었다. 앞으로 다른 어떤 해외여행을 하더라도 이 알프스 3대 미봉 여행과 비교되면서 다른 여행들이 시시하게 느껴질까 걱정될 정도이다.

업무 출장으로 프랑스, 영국, 독일, 핀란드 등 유럽 여러 나라들을 다닌 경험이 있고, 최근에는 스위스 출장 중에 인터라켄으로 가서 알프스의 풍경을 약간 맛보긴 했었다. 그렇지만 이처럼 오롯이 여행만을 위한 시간을 10일간 내어 알프스의 멋진 풍경을 보면서, 그것도 트레킹을 겸한 여행을 했다는 사실이 꿈만 같다.

이번 여행은 아름다운 알프스의 모습, 그것도 핵심적인 부분들을 추려서 본다는 그 자체로도 의미가 있었다. 그러나 밴드 모임 여행이라는 새로운 여행 형태를 접한 것이 더 큰 의미로 다가왔다.

내가 다녔던 국내 여행과 출장 중 틈새 여행은 나 스스로 일정을 짜고 실행한 자유여행이었다. 이에 비해 밴드 모임 여행은 여행지역을 잘 아는 리더가 모든 여행 계획을 주도한다는 점에서는 여행사의 패키지여행과 비슷하지만, 밴드 구성원들의 취향을 고려한 맞춤 프로그램으로 운영하고 쇼핑에 대한 부담이 없다는 차이점이 있었다. 패키지여행처럼 선택 여행 일정이 들어 있기는 했지만 말이다.

그렇다고 밴드 모임 여행이 패키지여행이나 자유여행에 비해 장점만 있는 게 아니라는 사실을 알게 된 것도 이번 여행의 소득이라면 소득이다.

우선 밴드 모임 여행은 리더의 역할이 절대적이라 리더에 따라서 여행의 질이 크게 좌우된다는 점이 장점이자 단점으로 작용한다. 예를 들어 리더가 독단이 심하다면 회원들과 자주 다툼이 생겨날 수밖에 없다.

밴드 모임의 리더와 회원들이 개인적인 관계로 맺어져 있는 점도 문제이다. 대부분의 의사결정이 리더와 친한 사람들 위주로 이루어져 소외감을 느끼는 분위기가 형성되기도 한다.

물론 밴드에서 오랫동안 활동해 온 이들의 욕구에 맞춰 여행 프로그램이 기획된 것이기에 이들을 중심으로 프로그램이 운영되는 게 당연하다고 이해하면 될 문제이기는 하다.

마지막으로 여행 경비가 적정한지 알기 어렵다는 점이다. 리더가 임의로 여행 경비를 과다하게 책정하여 리더 개인의 이익을 많이 챙기더라도 이를 제지할 방법이 마땅치 않다.

내가 참여했던 알프스 여행 밴드 모임은 그런 문제를 해결하기 위해 리더가 운영하는 여행사를 통해 여행 경비 처리를 했지만, 맞춤형 여행이다 보니 경비의 적정성 여부는 해결되지 않은 셈이다.

내가 알프스 3대 미봉 여행을 다녀오고 나서 이 책을 쓰기로 결심한 이유는 알프스의 비경(祕境)을 나 혼자 간직하기에는 너무 아깝다는 생각과 더불어 위에 언급한 새로운 여행 형태인 밴드 모임 여행을 소개하고자 하는 마음이 컸기 때문이다.

2022년 4월, 업무 출장 중에 잠시 융프라우에 다녀온 적이 있는데 여행은 너무 인상 깊고 좋았지만 뭔가 아쉬움이 컸다. 그런데 이번 여행으로 그런 아쉬움을 한 방에 날려버렸다. 그때는 가보지 못했던 마터호른과 몽블랑을 볼 수 있었고, 트레킹을 하면서 알프스의 진짜 모습을 온몸으로 느꼈다.

이 책의 1부는 이번에 다녀온 알프스 3대 미봉 여행을 일자별로 정리해 놓은 것이다.

내가 엔지니어이다 보니 알프스의 아름다움을 글로 제대로 표현하지 못한다는 안타까움이 있다. 그런 안타까움을 상쇄하기 위해 가능하면 여행 일정을 상세히 기술하도록 노력했다. 다음에 누군가 이번 여행 프로그램과 유사한 경로로 여행할 때 도움이 되도록 하기 위해서이다.

여기서 한 가지 양해를 구하고 싶은 점은 여행 과정에서 일어난 여러 가지 해프닝과 그에 대한 내 생각이 지극히 주관적인 관점에서 이루어졌다는 사실이다. 이는 특정한 누군가를 비난하거나 비평하려는 의도가 아니라, 밴드 모임 여행의 특성을 설명하려는 의도에서 비롯된 것이니 이런 점을 감안해 주기 바란다.

2부는 내가 앞서 잠깐 이야기했던 2022년의 융프라우 여행 중에서 알프스 3대 미봉 여행에 포함되지 않은 일정을 소개한 것이다.

알프스 여행이 알차게 진행되기는 했지만, 좀 더 긴 여행을 계획하고 있거나 일부 일정을 빼고 다른 일정을 넣고 싶다면 이 꼭지의 내용을 참고하면 된다.

취리히에서 인터라켄으로 이동할 때 기차를 이용할 계획이라면 루체른을 하루 일정으로 넣는 것도 고려해 볼 만하다. 루체른에서 인터라켄으로 기차를 타고 가면서 봤던 풍경이 그야말로 환상적이었는데, 그것을 보는 것만으로도 의미가 있을 정도라 여기에 포함하였다.

이번 여행에서는 인터라켄에 이틀간 일정이 배정되었지만, 하루를 더 연장해서 실트호른을 가보는 것도 권하고 싶다.

그 밖에 인터라켄에서 쉽게 가볼 수 있는 곳으로 하더쿨름을 추천하고 싶다. 인터라켄 동역에서 그리 멀지 않고, 기차를 타면 쉽고 빠르게 올라갈 수 있는 데다 하더쿨름 산장에서 내려다보는 풍경이 정말 빼어났기 때문이다. 시간이 더 있다면 하더쿨름 근처의 트레킹 코스를 걸어보는 것도 괜찮겠다.

액티비티를 좋아한다면 인터라켄에서 패러글라이딩 체험과 피르스트에서 피르스트 플라이어, 글라이더, 마운틴 카트, 트로티바이크 등을 타고 즐기는 것도 추천할 만하다. 거기에 더해 이번 여행에서는 숙소가 호텔이거나 아파트였지만, 알프스 트레킹 코스에 있는 산장에서 하루쯤 묵는 것도 낭만적이지 않을까.

이번 여행을 끝내고 나서 들은 소식인데, 스위스 체르마트와 이탈리아 체르비니아를 잇는 케이블카가 새로 생겼다고 한다. 알프스산맥에서 가장 높은 케이블카인데 약 4,000미터 높이로 체르마트에서 체르비니아까지 두 시간쯤 걸린단다. 프랑스의 에귀유뒤미디 전망대에서 이탈리아의 포인테엘브로너 전망대까지 가는 케이블카가 약 3,000미터 높이로 운행되고 30분 정도 소요

되니, 시간이 4배에 달하는 셈이다.

또 체르마트에서 체르비니아까지 운행되는 케이블카로 알프스산맥의 풍경을 즐길 수 있는 '크리스털 라이드(Crystal Ride)'도 있다.

케이블카 내부를 수천 개의 스와로브스키 크리스털로 꾸미고 바닥을 특수유리로 제작했는데, 이 유리는 출발할 땐 불투명했으나 갑자기 투명해져서 발밑에 펼쳐진 알프스산맥을 구경할 수 있다. 케이블카는 크리스털 라이드를 포함해 총 10개가 운영되고 있으며, 각각 최대 28명이 탈 수 있다.

새로 생긴 체르마트에서 체르비니아까지 운행하는 케이블카를 타기 위해서라도 다시 한번 알프스 3대 미봉 여행을 떠나고 싶다.

그리고 이제는 패키지여행이나 밴드 모임 여행에 따라가는 게 아니라, 내가 소규모 여행 모임을 주도하면 어떨까 하는 생각도 해본다. 혼자 가는 것에 비해 비용 부담을 줄일 수 있고, 알프스에 대한 여행 지식을 다른 사람들과 공유할 수 있을 테니까 말이다. 아직 가보지 못한 이탈리아 돌로미티를 포함하는 것도 고려해 봐야겠다.

이제 다시 누군가 나에게 "일생에 단 한 번 해외여행을 갈 수 있는 사람이 있다면, 그에게 어디를 추천하고 싶은가?"라고 묻는다면 나는 주저하지 않고 바로 "알프스 여행"이라고 답할 것이다.

자, 그럼 내 대답이 맞는지 알프스 3대 미봉 여행을 함께 떠나보자.

◉ 차례

 1부 알프스 3대 미봉 여행

2부 알프스 여행 더하기

일러두기

1. 책 제목은 《 》로, 작품(시, 영화 등) 제목은 〈 〉로 묶어 구분했다.
2. 지명, 인명을 비롯한 외래어는 주로 국립국어원의 외래어 표기법에 따라 표기했다.
3. 본문에 수록한 그림들과 트로티바이크 사진은 ʻShutterstock.comʼ에서 가져왔다.

1부

알프스 3대 미봉 여행

지인의 소개로 알게 된 밴드 모임에서 2023년 6월 30일(금)부터 7월 10일(월)까지 9박 11일 일정의 알프스 3대 미봉 트레킹을 다녀왔다. 11일이라고는 하지만 인천공항에서 스위스 취리히공항까지 이동할 때 도하에서 환승하다 보니 20시간 넘게 걸려서, 실제로 여행한 기간은 9일이었다.

이번 여행의 특징 중 하나는 알프스 3대 미봉을 기차와 케이블카를 이용해 즐기면서도, 매일 트레킹을 하도록 일정이 짜였다는 점이다.

사실 나의 경우를 보자면 투르드몽블랑(Tour du Mont Blanc, TMB), 네팔 안나푸르나 트레킹, 스페인 산티아고 순례길에 대한 동경이 있긴 하지만, 과연 체력적으로 내가 감당할 수 있을까 하는 의문이 있었다.

그렇다고 트레킹 없이 기차와 케이블카를 타고 전망대에 올라서 알프스를 먼발치로 바라보기만 하는 여행도 성에 안 차기는 마찬가지였다. 그런데 이 알프스 여행은 트레킹을 좋아하는 사람이라면 무난하게 따라갈 수 있을 정도로 코스를 잡았기 때문에 바로 신청했다.

일정을 보면 인터라켄에서 3박, 체르마트에서 2박, 샤모니에서 4박을 하는 여행이었다. 각 도시를, 오전에는 이동하고 오후에는 도착지에서 간단한 트레킹을 하는 일정으로 움직였다.

첫날은 취리히에 늦게 도착하는 바람에 목적지인 인터라켄에 다다르는 시각이 너무 늦어져서 트레킹을 하지 못한 채 저녁 식사만 하고 바로 잠을 잤다.

이번 여행의 개략적인 일정은 다음과 같다.

〈1일차〉

인천공항≫취리히공항≫인터라켄 도착

〈2일차〉

융프라우 전망대/아이거 트레일

〈3일차〉

피르스트, 바흐알프제(호수)≫쉬니게플라테 트레킹(16킬로미터, 6시간)

〈4일차〉

인터라켄≫체르마트 이동, 고르너그라트역≫리펠베르크역 트레킹(3킬로미터, 1시간)

〈5일차〉

수네가 호수 트레일(9킬로미터, 3시간)

〈6일차〉

체르마트≫샤모니 이동, 콜드발므 트레킹(7킬로미터, 3시간 반)

〈7일차〉

에귀유뒤미디 전망대/파노라믹 몽블랑 케이블카/포인테엘브로너 전망대

〈8일차〉

TMB 트레킹(이탈리아 쿠르마유르≫보나티)

〈9일차〉

락블랑 트레킹/안시 마을

〈10일차 & 11일차〉

제네바공항/제네바 호수 관광/도하공항 경유 인천공항 도착

알프스 3대 미봉 주요 경유지

(🔵융프라우 🔵마터호른 🔵몽블랑)

프랑스

독일

스위스

오스트리아

산

맥

스

피

알

융프라우

마터호른

몽블랑

이탈리아

(m) 고도색상
4000
3000
1500
800
200
100
0

툰 호수

체 네 바   호 수

칸더슈테크(역)

제네바

프랑스

발로신

콜드발므

체르마트 🔵

수네가(호수)

리펠베르크(역)

락블랑(호수)

샤모니

마터호른

에귀유뒤미디(전망대)

보나티(산장)

포인테엘브로너(전망대)

고르너그라트(역)

안시 마을

몽블랑

쿠르마유르

취리히

스위스

루체른

인터라켄

브리엔츠 호수

바흐알프제(호수)

피르스트

쉬니게플라테(역)

그린델발트

라우터브루넨

아이거 트레일

클라이네샤이데크(역)

융프라우

이탈리아

인천공항>>취리히공항>>인터라켄 도착

"내일 밤 10시까지 인천공항 1터미널에서 보자."

"내일이 아니라 모레 출발하는 거 아니었어?"

"모레 새벽 1시 20분 비행기니까 내일 밤 10시까지 공항에 나가야지."

"어이쿠. 큰일 날 뻔했네. 모레 출발하는 비행기라 모레 출발하면 된다고 생각했었는데, 까딱 잘못했다가 비행기 못 탈 뻔했네."

이번 트레킹에 함께하는 친구와 나눈 카톡 대화 내용이다.

8개월 전에 예약했던 '알프스 3대 미봉 트레킹'을 떠날 날이 드디어 모레로 다가왔다. 내가 이번 여행을 예약했을 때는 인도네시아에서 근무하고 있었기에 고민이 많았다.

처음 이 여행 프로그램을 들었을 때 작년 스위스 출장 중에 주말을 이용해 구경했던 알프스 융프라우(Jungfrau)와 피르스트(First), 실트호른(Schilthorn) 등을 다시 볼 수 있다는 생각에 마음이 들떴다.

하지만 9박 11일이라는 긴 시간 동안 휴가를 내는 게 부담스러워 어쩔까 많이 망설였다. 그러다가 회사에서 일 년에 두 번 한국으로 일주일씩 보내주는 휴가 기간에 한국에 가지 않고 이번 여행을 하기로 작정하고 예약했다.

산 넘어 산이라고 한 가지 고민을 해결하자 다른 문제가 발생했다. 내가 맡았던 인도네시아 공장의 설비와 시운전 작업이 예상보다 빨리 끝나면서 여행 떠나기 두 달 전에 내가 한국으로 귀국하게 된 것이다.

인도네시아에서 나만 따로 출발하는 것보다 한국에서 다른 일행과 함께 출발하니 오히려 다행이라고 해야 하나? 거기까지는 그나마 괜찮았는데, 같이 가기로 한 아내의 무릎 상태가 나빠져서 함께 가지 못한다는 것이었다.

몇 년 전에 무릎 연골 수술까지 해서 염려는 했었지만, 인도네시아의 무더운 날씨에 아내의 무릎 상태가 더 악화한 것으로 보였다. 이번 여행에서 매일 반복될 2~9시간의 트레킹은 물론 20시간 가까이 비행기를 타는 것도 견딜 수 없을 것 같다는 아내의 말에 고민이 되었다.

'그냥 취소할까, 아니면 혼자라도 갈까?' 하며 며칠을 애태우다가 친구랑 같이 가기로 했다. 알프스의 아름다운 풍광을 아내와 함께 즐기지 못한다는 아쉬움이 크긴 했으나, 그래도 친구와 함께 가게 되었으니 그나마 다행이라고 생각하기로 했다.

이번 여행의 시작점인 스위스 취리히까지 직항편이 없어서 먼저 카타르 도하로 가서 취리히로 가는 비행기로 갈아탔다. 코로나19로 인해 직항이 없어지면서 이런 일이 생긴 것이다.

돌아오는 길에 들은 얘기로는 인천공항에서 취리히로 가는 직항이 다시 개설되어 더는 이런 불편을 겪지 않아도 된다고 하였다. 물론 항공료는 더 비싸질 염려가 있지만 말이다.

환승과 그로 인한 긴 비행시간도 문제였으나 카타르 도하로 출발하는 비행기가 새벽 1시 20분에 출발한다는 것도 큰일이었다. 출발 시각이 6월 30일 새벽이라 6월 29일 저녁 7시 30분에 집에서 나와 지하철을 타고 인천공항에 9시 40분에 도착했다. 여행을 주관하는 여행사에서 밤 10시까지 인천공항에 오라고 얘기했기 때문이다.

일찍 왔으니 여행사에서 지정한 모임 장소에 가면 여러 사람이 모여 있을 것이라 예상했지만, 같이 가기로 한 친구만 보이고 나머지 일행이 보이지 않았다.

친구 말로는 우리를 안내할 가이드(리더)가 이미 취리히공항에서 우리를 기다리고 있고, 여기에서는 여행사 직원이 배낭에 매달 태그만 나눠주고 각자 알아서 수속하라고 하여 모두 탑승 수속을 하러 갔다고 하였다.

이게 여행사 패키지여행과 다른 밴드 모임 여행의 한 단면이구나 하는 생각이 들었다. 사실 이번 여행은 여행사에서 돈을 받고 주관하는 것으로 되어 있지만, 실제로는 여행 밴드 모임에서 모객을 한 다음 밴드 운영자가 직접 안내하는 밴드 모임 성격의 여행이었다.

따로 모임이 없다는 말에 친구와 함께 바로 탑승 수속을 하고 짐을 부친 다음 출국 수속까지 마치니 10시 30분이었다. 코로나19 사태가 종료되면서 출입국 수속 시간이 짧아졌다는 사실을 실감할 수 있었다.

문제는 이제부터 비행기 출발 시각인 새벽 1시 20분까지 무려 세 시간을 기다려야 한다는 점이었다. 밤늦은 시간이라 면세점은 물론이고 탑승구 주변의 식당을 비롯한 대부분 가게가 문을 닫아서 딱히 시간을 보낼 방법이 마땅치 않았다.

맥주라도 마실까 하고 여기저기 기웃거렸으나, 테이크아웃 하는 커피 전문점 한 군데를 빼놓고는 문을 연 곳이 없었다. 괜히 통로를 어슬렁거리다가 빈 의자가 보이기에 짐을 놓고 앉았다.

'집에서 좀 늦게 나올 걸 그랬나?' 하는 별 소용없는 생각을 하다가 약간 졸리기도 해서 의자에 길게 드러눕기도 하고, 지루하면 일어나서 별 내용도 없는 TV를 보며 시간을 보냈다.

이번 여행을 같이 가는 일행들로 보이는 사람들이 주위에 보였다. 내가 여행사에서 받은 표식을 이미 배낭에 매달고 있어서 같은 일행이라는 것을 알 수 있었지만, 아직 친해지지 않아 간단한 인사만 나눌 뿐 긴 대화를 하면서 시간을 보내는 것도 여의치가 않았다.

그래도 패키지여행이면 인솔자가 있어서 주의사항도 전달하고, 여행 일정도 소개하고, 어쩌면 일행들이 각자 자기소개를 하면서 시간을 보낼 수 있었을 텐데 하는 아쉬움도 밀려왔다.

하긴 주의사항이나 여행 일정 등은 이미 해당 밴드와 별도로 만든 단체 카톡방에 다 올라와 있으니 따로 전달할 내용은 없을 터였다. 패키지여행과 개별 자유여행에 익숙한 내가 그 중간 어디쯤인 밴드 모임 여행에는 아직 적응하지 못하고 있구나 하는 생각도 들었다.

그렇게 슬렁슬렁 시간을 보내는 사이 탑승할 시간이 되었다.

탑승은 밤 12시 40분, 즉 0시 40분부터 시작되었다. 탑승을 서둘렀기 때문인지 비행기는 출발 예정 시각인 1시 20분이 채 되기도 전에 이륙했다. 비행기가 만석이어서 혹시 옆자리가 비면 누워서 갈 수 있으려나 하는 기대는 접어야 했다.

출발하고 한 시간이 채 안 되어 기내식이 제공되었는데, 나는 기내식을 먹지 않았다. 새벽 3시에 먹는 기내식은 건강에 별로 좋을 것 같지 않았고, 바로 잠을 자야 하는데 소화가 될 것 같지도 않았다. 준비한 안대와 귀마개를 가방에서 꺼내어 착용하고 곧 잠을 청했다.

다행히 바로 잠이 들었는지 옆자리에 동행한 친구가 화장실에 가고 싶다고 깨워 눈을 떴을 때는 한국 시간으로 오전 7시였다. 거의 네 시간을 잤다. 아마 친구가 깨우지 않았더라면 더 잤을 것이다. 일어나서 영화를 한 편 보고 나자 다시 기내식이 나와 맛있게 먹었다.

젊었을 때 해외 출장을 가면 시차 때문에 고생을 많이 하고, 비행기에서 잠도 제대로 자지 못해 변비가 생기곤 했는데, 어느 때부터인가 해외를 나가도 시차에 금방 적응하는 체질이 되었다. 자주 다니면서 해외 출장에 적응해 그런 건지, 그동안 건강해져서 그런 건지 아직도 잘 모르겠지만 말이다.

비행기는 카타르 도하에 오전 5시 40분(한국 시간 오후 11시 40분)에 예정대로 도착했다. 인천공항에서 도하까지 비행시간만 꼬박 열 시간이 걸린 것이다.

여기 도하에서 세 시간 정도를 더 기다렸다가 취리히로 가는 비행기로 갈아탄 다음 일곱 시간을 더 날아가야 하니, 인천공항에서 취리히까지 거의 20시간 걸리는 셈이다. 만약 인천공항에서 취리히까지 직항으로 간다면 열 시간 조금 더 걸려서 바로 취리히에 도착했을 것이다.

나중에 직항이 재개되었다는 소식을 들었는데, 비행기 표를 미리 사둔 탓에 이런 불편을 감수해야 했다. 그래도 혹시 다음에 다시 간다면 직항을 이용할 수 있겠구나 싶어 조금은 마음의 위로가 되었다.

그런데 이게 웬걸, 비행기가 멈추고 내리는데 공항 로비로 연결된 탑승구로 바로 내리는 게 아니라 사다리를 걸어 내려가서 버스에 타야했다. 한국에서 제주 등 국내선을 탈 때 가끔 사다리를 걸어 내려가서 버스를 타는 경우가 있었지만, 국제선에서 버스로 이동하는 경우는 처음 보았다.

우리가 취리히로 가는 비행기를 탈 때도 버스를 타고 이동했던 걸로 봐서는 공항 용량에 비해 비행기 편이 너무 많은 것 같았다. 아닌 게 아니라 도하공항 곳곳은 공사를 벌인 곳이 아주 많았다.

코로나19로 인해 국가마다 비행기 편수를 줄이면서 환승 수요가 많아지자 카타르 도하가 그 수요를 흡수했지만, 기존 공항 용량으로는 감당이 되지 않는 듯했다. 이제 다른 국가들이 직항편을 늘리면 환승 수요가 줄어들 텐데 그땐 어떡하려고 그러나 하는 괜한 걱정이 들었다.

버스를 타고 비행기에 탑승해야 해서 그런지 취리히행 비행기 출발 시각인 8시 20분(한국 시간 오후 2시 20분)보다 한 시간 전인 7시 20분부터 탑승이 시작되었다. 만약 다음에 카타르 도하에서 환승하게 되면 환승 시간을 세 시간 이상 충분히 확보해야겠다는 생각이 들었다.

물론 카타르항공에서는 이런 점을 감안해서인지 정시 운행을 하고 있지만, 세상일이란 게 언제든 예상치 못한 일이 일어날 수 있는 법이다. 비행기 편수가 많고 게이트가 부족해서 그런지, 한국과 달리 카타르 도하공항에서는 출발하는 비행 편의 게이트가 두 시간 전에야 고지된다는 점도 고려해야 할 것이다.

아무튼 도하에서 출발한 카타르항공 비행기는 정시인 8시 20분에 출발해서 스위스 취리히공항에 6월 30일 오후 2시 40분(한국 시간 오후 9시 40분)에 도착했다. 비행기가 동쪽으로 이동하는 바람에 거의 하루를 날아왔는데도 한국에서 출발했던 날짜와 똑같은 6월 30일에 온 것이다.

왠지 하루를 벌었다는 느낌보다는 괜히 손해를 본 듯한 기분이 들었다. 왜 그런 거 있지 않은가. 꿈속에서 열심히 달아났음에도 제자리걸음을 하는 느낌 말이다.

취리히공항은 벌써 네 번째 오는데도 기분 탓인지 전혀 다른 공항처럼 느껴졌다. 이처럼 낯선 느낌은 과거에 왔던 세 번의 경우가 업무 출장이었던 것에 비해, 이번에는 여행을 위해 온 것이라 그런 듯했다. 아니면 코로나19로 입국 수속이 삼엄했던 이전과 달라서였는지도 모르겠다.

줄도 길지 않고, 수속도 아주 간단해서 비행기에서 내린 다음 짐을 찾고 나오는 데까지 한 시간도 채 걸리지 않았다.

게이트를 나서자 이번 여행의 리더가 반갑게 손을 흔들며 우리를 맞았다. 리더는 이미 우리와 꼭 같은 여행 일정으로 진행된 두 팀의 안내를 마치고 여기 취리히에 남아 있었다.

문제는 우리 일행 중 일부가 비행기 도착 후 두 시간이 넘어서야 나왔다는 점이다. 별도로 포장해서 부친 김치 때문이라고 했는데, 아무튼 오후 4시 30분이 돼서야 짐을 찾아 출발할 수 있었다. 이번 여행에 참여한 23명에다가 여행사 인원 2명을 합쳐 25명이 움직여야 해서 승합차 3대를 렌트했다고 한다.

취리히공항 2층에 있는 렌터카 주차장으로 이동하자 승합차 3대가 서 있었다. 벤츠 2대와 BMW 1대. "와, 스위스에 오니까 렌터카도 벤츠 아니면 BMW네"라고 감탄하는 것도 잠깐, 우리가 탄 벤츠 승합차는 의자를 앞뒤로 밀거나 당기는 것은 물론이고 좌석의 경사도 조정이 안 되었다. 게다가 에어컨도 앞에서만 나와서 에어컨을 틀면 앞좌석은 춥고 뒷좌석은 더웠다.

나는 맨 앞에 앉았는데 자리도 좁고, 강하고 찬 에어컨 바람 때문에 춥기도 해서 목이 칼칼해졌다. 혹시나 해서 주머니에 넣고 다니던 마스크를 꺼내어 썼더니 조금 나아졌다. 렌터카도 서비스 산업인데, 스위스에서 왜 이런 차를 렌트해 주는지 이해가 되지 않았다.

취리히공항을 출발한 차는 인터라켄(Interlaken)을 향해 달리기 시작했다. 그런데 비가 와서 그런지, 도로 공사가 많아서 그런지 중간중간 차가 밀려서 오후 7시가 돼서야 인터라켄에 도착했다. 원래 예정했던 시간보다 한 시간이나 더 걸린 셈이었다.

인터라켄으로 가는 도중에 한 시간 반이 좀 지나자 다른 차에서 전화가 와서 '멀미를 심하게 하는 사람이 있으니 잠깐 쉬고 가는 좋겠다'라는 요청이 왔다. 20시간 가까이 비행기를 타고 온 데다 시차까지 있는데, 잠도 제대로 못 자서 피곤하고 스위스 시골답게 꼬불꼬불한 길을 내달렸으니 멀미가 날 만도 하겠다는 생각이 들었다.

마침 길가에 카페가 보여서 차를 세우고 휴식을 취하면서 화장실에 다녀올 사람들은 다녀왔다. 나중에, 두 시간도 넘게 가야 하는데 쉴 만한 장소도 찾아놓지 않았느냐는 항의가 나오기도 했다. '사람이 많으니 불평도 많을 수밖에'라고 이해해야 하는 건지….

차가 길가에 서자 운전석 옆 좌석에 앉았던 나는 바로 내려서 뒷좌석 사람들이 나올 수 있도록 두 번째 줄 창가 쪽 좌석을 접으려고 했다. 그런데 여기저기를 만지던 중 의자 밑의 갈고리처럼 생긴 장치를 잡아당기자 의자가 갑자기 앞으로 곤두박질쳤다.

그와 동시에 "아악!" 하는 비명 소리가 들렸다. 의자가 접히면서 두 번째 좌석에 앉은 일행의 허벅지를 내가 건드린 좌석이 내리친 것이었다. 공교롭게도 그 일행은 의자가 내리쳤을 때 가장 아플 수 있는 자세로 허벅지를 대고 있었다.

세계적으로 유명한 벤츠에서 어떻게 이런 차와 좌석을 만들었을까 하는 원망과 함께 선의로 했던 내 행동이 다른 사람에게 해를 끼쳤다는 사실에 어찌할 바를 몰랐다. 이후 한동안 아프다고 호소하는 그 일행을 보면서 미안한 마음과 더불어 괜한 일을 했다는 자책감도 들었다.

이번 알프스 여행을 떠날 때 아내가 했던 당부의 말이 갑자기 떠올랐다. "오지랖 넓게 다른 사람들 돕겠다고 나서지 말아요!" 그래서 이번 여행에서는 절대 나서지 말자고 다짐했고, 실제로 그러려고 노력했다.

그 일이 있고 나서도 운전석 옆에 계속 앉긴 했지만, 뒤쪽에 앉은 일행을 위해 좌석을 접는 일은 모른 척하고 더는 하지 않았다. 여행 마지막 밤에 순간적으로 이런 다짐을 잊고 나서는 바람에 낭패를 보기도 했지만 말이다.

'가만히 있으면 중간은 간다'라는 말을 별로 좋아하지 않지만, 이런 저런 일을 겪으면서 앞장서서 평지풍파를 일으키는 것도 별로 바람직하지 않다는 생각이 들었다.

길가 카페 옆에는 스위스의 전형적인 청록색 호수가 펼쳐져 있어서 쉬는 동안 사진도 찍고, 멋진 경치를 감상했다. 일행을 다치게 한 일 때문에 마음은 계속 가라앉았지만, 그런 와중에도 알프스 풍경이 역시 아름답다는 생각을 했다.

인터라켄으로 가는 길에 만난 호수

취리히에서 출발할 때만 해도 비가 오락가락했는데, 인터라켄에 거의 도착해서는 비도 그치고 새파란 하늘과 청록색 호수가 나타나 "와!" 하는 감탄사를 연발하게 만들었다. 요즘 미세먼지로 새파란 하늘을 보기가 쉽지 않은 한국의 상황 때문에 이런 풍경이 더욱 감명 깊게 다가오는 게 아닌가 싶었다.

더욱이 무더운 여름의 문턱에서 떠나온 우리에게 멀리 바라보이는 설산은 현실로 느껴지지 않을 정도로 장관이었다. 이런 느낌은 인터라켄에 거의 도착해서 마주한 튠 호수를 보면서 절정에 달했다.

인터라켄에는 두 개의 호수가 있는데, 동쪽(루체른 방향)에 있는 호수는 브리엔츠(Brienz) 호수이고, 서쪽(베른 방향)에 있는 호수는 튠(Thun) 호수이다. 이 호수들은 크기도 크거니와 색깔도 그야말로 청록색으로 융프라우 설산과 어우러져 한 폭의 그림을 만들어내고 있었다.

저녁 식사 장소에 도착하자 약한 이슬비가 내리기 시작했다. 리더는 오늘 저녁 처음이자 마지막으로 한국식 김치찌개를 먹게 되며, 이후 귀국 시까지 여행사에서 제공하는 식사는 모두 서구식 식사가 될 것이라고 얘기했다.

한국 식당이 인터라켄에만 있어서 김치찌개를 제공하는 것이라고 이해는 했지만, 이제 막 한국에서 도착한 여행객에게 김치찌개 말고 다른 음식을 제공하는 게 더 낫지 않았을까. 그 김치찌개가 그리 맛이 좋지 않은데도 가격이 4인 기준 12만 원이나 되니, 우리 일행 대부분은 아깝다고 생각하는 것 같았다.

아무튼 스위스에서 첫 저녁 식사를 마치고 아직 환한 대낮 상태의 인터라켄 풍경을 보면서 첫날 밤을 보낼 호텔로 이동했다.

호텔까지는 인터라켄에서 자동차로 40분 정도 걸렸는데, 툰 호수를 기준으로 인터라켄 맞은편에 있었다. 작년 4월에 인터라켄 시내에 묵었던 호텔에 비하면 상태가 훨씬 더 나았지만, 한국의 일반 호텔에 비해 가격 대비 방 상태는 썩 만족스럽지 않았다.

리더가 주장하기로는 우리가 이번 여행에서 묵는 호텔의 숙박비는 방 하나당 최소 26만 원이 넘는다고 했다. 호텔스닷컴 등 인터넷 예약 사이트에서 찾아본 숙박비도 그 정도로 확인이 되었다.

세계 최고의 물가를 자랑하는 스위스이니 그쯤은 감수해야지 하는 마음으로 체크인을 마쳤다. 방은 2~3인용이 있었고, 같이 온 일행을 기준으로 배정이 이루어졌다. 나는 친구와 둘이 가서 2인용 방이 배정되었는데, 막상 방에 들어가니 침대가 3개 있었다.

리더가 이번 여행 일정을 설명하겠다며 짐을 방에 놓고 잠깐 호텔 바깥 공간에 모이라고 했다. 리더가 전달한 내용 중 첫 번째 주의사항은 집합 시간을 잘 지키라는 것. 한두 사람이 늦어서 전체 일정에 막대한 차질이 생길 수 있기 때문이라고 하는데 충분히 이해가 갔다.

그는 말로 해서는 잘 안되니, 집합 시간에서 1분 늦으면 10유로의 벌금을 매기겠다고 했다. 이 주의사항은 의외로 효과가 있어서 이후 일정에서 집합 시간에 늦는 경우는 딱 한 번 빼고는 없었다.

또 한 가지는 10일 중 샤모니에서 이틀이 자유일정이었는데, 에귀유뒤미디 전망대를 가는 일정과 이탈리아로 넘어가 TMB(투르드몽블랑)를 걷는 일정을 추천했다.

그 대가(?)로 에귀유뒤미디 전망대 일정에 118유로, 이탈리아 TMB 교통편 제공에 100유로, 운전까지 겸하는 가이드를 위해 100유로의 팁을 포함한 318유로의 요금을 따로 요구했다.

물론 이 일정들은 날씨에 따라 바뀔 수 있으니 선택 일정으로 잡았다고 설명했다. 하지만 언제 하느냐가 문제이지 모두 당연히 참여해야 하는 분위기라서 자유일정이라는 자체가 의미가 없다는 생각이 들었다.

그렇다면 여행비를 싸 보이게 하면서 일반 여행사의 선택 관광을 흉내 낸 걸까? 선택 여행 제안에 불만이 있는 사람들도 일부 있었겠지만, 리더와 잘 아는 지인들이 과반을 넘는 데다 처음 온 사람끼리는 서로 의견을 교환할 시간도 없어서 분위기상 반대하기가 힘든 상황이었다.

거기에 더해 샤모니에서 사흘간의 자유일정 기간에 조식을 각자 해결하면 10유로씩을 환불하겠다고 했다. 10유로라는 기준이 어디서 나왔는지는 끝내 설명을 듣지 못했지만, 한국에서 준비해 온 것들이 많아서 그랬는지 모두 조식은 각자 알아서 하기로 결론이 났다.

나는 한국에서 가져온 쌀과 컵라면이 많았기에 여기서 산 빵과 과일 등을 보태 조식을 해결하기로 했다.

융프라우 전망대와 아이거 트레킹

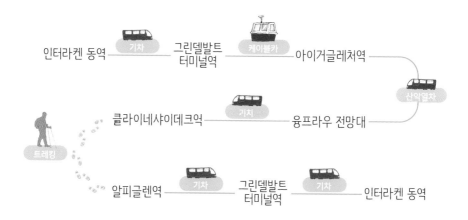

인터라켄 동역 ——— 기차 ——— 그린델발트 터미널역 ——— 케이블카 ——— 아이거글레처역 ——— 산악열차

클라이네샤이데크역 ——— 기차 ——— 융프라우 전망대

트레킹 ——— 알피글렌역 ——— 기차 ——— 그린델발트 터미널역 ——— 기차 ——— 인터라켄 동역

어제 리더의 안내로는 분명히 오전 6시 30분에 아침 식사가 제공된다고 했는데, 그 시간에 식당에 가니 문이 잠겨 있었다.

나중에 안 사실이지만, 주중 평일에는 오전 6시 30분부터 식사를 하나 공휴일(토요일, 일요일)에는 오전 7시부터 식사하는 게 이 호텔의 규칙이었다. 오늘은 토요일이라 당연히 7시에 식당 문을 연 것이었다. 그렇다고 다시 방으로 돌아가기에는 밖의 풍경이 너무 좋아서 아침 산책을 하기로 했다.

호텔 앞 차도를 건너 주차장을 지나니 튠 호수가 우리를 반겼다. 호수 근처로는 집들이 둘러싸고 있어서 호수를 따라 산책할 수는 없었지만, 동네 골목을 따라 짧게 산책했다.

호수 주변이라서 그런지 7월인데도 아침 기온이 한국의 초가을처럼 서늘해서 산책하기에 딱 좋았다. 게다가 청정한 알프스의 공기는 그동안 한국에서 미세먼지를 마시느라 오염됐을 폐를 모두 정화해 주는 것 같았다.

아침 8시 출발이라 좀 급하긴 했지만, 식사를 얼른 마치고 준비해서 별 어려움은 없었다. 문제는 삶은 계란, 요플레 등 일부 인기 있는 품목(?)을 늦게 온 사람들이 먹을 수 없었다는 점이다. 한국인들답게 인기 품목은 일행을 위해, 또 트레킹 도중 간식으로 먹기 위해 먼저 온 다른 일행들이 따로 챙겼기 때문이다.

아마도 식사 인원수에 맞춰 충분히(?) 준비했던 호텔 측에서는 왜 이런 일이 벌어졌는지 이해가 안 될 수도 있었으리라. 아니, 어쩌면 사태를 파악하고 나서 한국인들의 열성(?)에 감복했을지도 모를 일이다. 그 다음 날 아침 식사에서도 똑같은 일이 반복되었으니까.

어제 리더의 경고가 효과가 있었는지, 출발 시간에 늦은 사람이 하나도 없었다. 날씨는 약간 흐렸으나 융프라우 전망대에서 알프스 설산을 보는 데 희망을 걸 수 있을 정도의 날씨였다. 산꼭대기에 걸린 구름은 시간이 지나 햇빛이 강해지면 사라지지 않을까 싶었다.

이런 바람을 더 적극적으로 나타내려고 자신이 날씨 요정, 즉 자신이 가는 곳은 항상 날씨가 좋았다는 사람들이 있어서 차 안의 분위기는 한껏 고조되었다.

나는 작년 4월, 융프라우 전망대에 올랐을 때 눈보라로 인해 설산을 못 봤던 아쉬움이 컸었기에 이번에는 꼭 봤으면 하는 간절한 마음으로 구름의 동태를 살피면서 인터라켄 동역으로 향했다.

🕐 인터라켄 동역

오늘 여행의 출발지인 인터라켄 동역에는 8시 40분에 도착했다. 때마침 한 무리의 한국인 관광객이 기차를 타러 줄지어 가는 게 보였다.

유명 관광지에는 으레 한국 관광객들이 많다고 듣긴 했지만, 실제로 보니 반갑기보다는 약간 씁쓸한 느낌이 들었다. 융프라우(Jungfrau)를 보기 위해 인터라켄을 방문하는 관광객 중 절반이 한국인일 것이라는 리더의 말은 씁쓸함을 더해 주었다.

오죽했으면 한국에 동신항운이라는 대리점을 두어 인터라켄 홍보를 맡기고 산악열차 할인쿠폰을 발행하도록 했을까 하는 생각도 들었다.

실제로 한국에서 동신항운을 통해 받은 산악열차 할인쿠폰을 갖고 가면 열차 할인뿐 아니라, 융프라우 전망대에서 주는 컵라면도 무료로 먹을 수 있다. 우리도 당연히 여행사에서 동신항운 할인쿠폰을 이용해 산악열차 표를 끊었기 때문에 융프라우 전망대에서 컵라면을 먹을 수 있었다.

리더가 기차표를 사러 간 사이 우리는 광장에서 사진을 찍으며 기다렸다. 그러다가 기차가 9시에 출발한다고 하여 줄지어 기차역으로 이동했다.

지하 통로를 지나 첫 번째 기차 칸에 탔는데, 사람이 많아 우리 일행이 앉을 자리가 모자랐다. 그런데 내가 다음 기차 칸으로 갔더니 거기에는 자리가 많이 비어 있었다. 그걸 본 리더가 우리 일행 모두를 내가 탄 기차 칸으로 옮기도록 했다.

9시 정각에 인터라켄 동역을 출발한 기차는 중간에 한 곳에 정차했다가 최종 목적지인 라우터브루넨(Lauterbrunnen)역에 도착했다. 그때 갑자기 리더가 뭔가 잘못된 것 같다고 말했다. 그린델발트(Grindelwald) 터미널역으로 가서 아이거글레처(Eigergletscher)행 케이블카를 타야 하는 데, 다른 방향으로 가는 기차를 탔다는 것이다.

그제야 나도 작년에 왔을 때 인터라켄 동역에서 출발한 기차가 츠바일뤼치넨(Zweilütschinen)역에서 앞뒤 기차가 분리되면서 앞차는 라우터브루넨으로, 뒷차는 그린델발트로 간다고 했던 사실을 기억해 냈다. 해결 방법은 츠바일뤼치넨역으로 돌아가서 그린델발트 터미널역으로 가는 기차로 갈아타는 수밖에 없었다.

처음 일행들이 탔던 기차 칸에 그냥 앉았으면 문제가 없었을 텐데, 내가 괜히 빈자리를 찾는다고 다른 기차 칸에 타는 바람에 이런 소동이 벌어진 것이라 미안한 마음이 들었다. '함부로 나대지 마라'는 아내의 당부를 잊어서 다시 일어난 재앙(?)이라고 생각하니, 뒤통수를 한 대 맞은 기분이었다.

다행히 우리가 타고 왔던 기차가 바로 인터라켄 동역으로 돌아가면서 우리를 츠바일뤼치넨역으로 데려다주었고, 인터라켄 동역을 출발해 그린델발트 터미널역으로 가는 기차가 츠바일뤼치넨역에 바로 와서 예정보다 20분 정도 늦은 9시 40분에 그린델발트 터미널역에 도착할 수 있었다. 우리는 그곳에서 아이거글레처역까지 운행하는 아이거 익스프레스 케이블카(2020년 12월에 개통)를 탈 예정이었다.

리더가 케이블카 표를 사는 동안 우리는 인원을 점검하고 화장실을 다녀오는 등 다시 전열을 정비했다.

10시 20분에 케이블카를 타기 위해 승강장에 들어섰는데, 아침의 충격이 아직 덜 가서서 그런 건지 일행 중 한 명이 케이블카를 타려다 그만 넘어지고 말았다. 바닥에 물기가 있어서 미끄러진 모양이었다.

마침 일행 가운데 의사와 약사가 있어서 응급조치를 취하긴 했지만, 팔을 삔 그 일행은 여행이 끝날 때까지 깁스를 한 채 불편하게 일정을 소화해야만 했다.

이런 소동을 겪고 나서 탑승한 케이블카에서 사람들은 아이거 북벽과 함께 발밑에 펼쳐진 푸른 초원과 소 떼를 바라보며 사진을 찍기에 여념이 없었다.

작년 4월, 아이거글레처에서 그린델발트 터미널 방향의 케이블카를 타고 내려올 때도 좋았는데 이번에 그린델발트 터미널에서 아이거글레처 방향으로 올라가면서 본 풍경은 또 다른 측면에서 감탄을 자아내기에 충분했다.

케이블카 좌측으로 보이는 아이거 북벽은 구름에 가려 작년 4월과 마찬가지로 완전히 보이지 않았으나 발아래 보이는 풍경만으로도 눈이 즐거웠다. 더욱이 융프라우 전망대에 갔다가 내려와 오후에 걷게 될 트레킹 길이 바로 지금 발밑에 펼쳐진 초원이라고 생각하니 더욱 정감이 갔다.

서로 사진을 찍어주며 탄복하는 사이, 케이블카는 아이거글레처역에 10시 40분에 도착했다. 여기서 잠시 융프라우 전망대행 열차를 기다리는데 리더가 융프라우 전망대가 해발 3,420미터라 고산증이 나타날 수 있으니 최대한 천천히 움직여야 한다는 주의사항을 전달했다.

나도 작년 4월, 융프라우 전망대에 도착해 산악열차에서 내릴 때 어지럼증으로 비틀거렸던 게 생각나 긴장했다.

11시에 출발한 전망대행 산악열차는 중간에 위에서 내려오는 기차
와 교행하기 위해 잠깐 멈추었고, 이때 짧게나마(5분 정도?) 빙하를 관람
할 수 있었다. 밖으로 나갈 수는 없었지만, 기차에서 빙하를 볼 기회를
제공하는 스위스인의 센스를 느낄 수 있었다.

융프라우요흐(Jungfraujoch, 융프라우 봉우리와 묀히 봉우리 사이의 산마
루)에 도착한 시각은 11시 20분. 좀 이른 시간이긴 했지만, 점심 식사를
먼저 하고 융프라우를 구경하기로 했다. 일단 컵라면을 주문하면 인원
이 많아서 나오는 데 시간이 걸릴 수 있고, 또 12시에 가까워지면 사람
들이 몰릴 수 있다고 판단했기 때문이다.

실제로 신라면 23개를 주문했더니 주문 받는 직원이 한 시간이 걸

린다면서 너스레를 떨었다(실제로는 10분이 채 되지 않아 주문한 컵라면이 나왔다).

각자 탁자나 바닥에 자리를 잡고 앉아서 컵라면과 여행사에서 나눠준 행동식(등산할 때 에너지를 빠르게 보충하기 위한 간식)으로 식사를 했다.

행동식은 빵과 초콜릿 등이어서 김밥 도시락에는 미치지 못했지만, 멋진 알프스 풍경을 바라보며 신라면을 곁들인 점심 식사를 한다는 것만으로도 감동이 밀려왔다.

그런데 식사를 하는 동안 12시가 가까워져서 그런지 사람들이 급격하게 많아지기 시작했다. 식사를 거의 마치고 사진을 찍는 동안 마침 컵라면을 들고 두리번거리는 젊은 한국인 여성들이 있어서 얼른 우리 자리를 양보해 주었다.

둘이 여행을 왔다는데, 그러고 보니 한국인 중에는 남성들은 거의 보이지 않고 젊은 여성들이 많이 보였다. 아마도 아침에 기차역에서 봤던 중년 남성과 여성으로 이루어진 한국인 관광객은 이미 증명사진(?)을 찍고 물러난 것 같았고, 지금 이 젊은이들은 자유여행을 온 것으로 보였다.

일반적으로 여행객은 남성이 훨씬 더 많은 줄 알았는데, 여성이 더 눈에 띄어 의아한 생각이 들었다. 이런 현상 자체가 아마도 한국 여성들이 남성들보다 더 강하다는 것을 보여주는 게 아닐까. 아, 왜 올림픽 양궁이나 골프 등에서 한국 여성이 세계적으로도 강하다는 것을 보여주었듯이 말이다.

점심 식사를 마치고 융프라우 전망대의 여러 곳을 차례로 둘러봤다. 처음 간 곳은 알레치(Aletsch) 빙하. 빙하라고 해서 파르스름한 얼음을 연상했는데, 그냥 눈이 쌓여 얼어 있는 상태였다.

그래도 한여름에 눈(빙하?)을 밟아보는 게 어딘가. 한국에는 한낮 기온이 섭씨 35도가 넘는 무더위가 기승을 부리고 있다는데, 시원하다 못해 추운 곳에 있으니 괜히 한국에서 무더위에 시달리고 있을 아내에게 미안한 생각이 들었다.

전망대 문을 열고 밖으로 나서니 빙하로 가는 길은 약간 위로 경사져 있었다. 미끄러운 빙판길을 조심스럽게 올라가서 사진을 찍기 시작했다. 특히 스위스 국기가 있는 장소가 인기가 많아 사람들이 줄을 섰는데, 우리 일행은 그냥 멀리서 스위스 국기가 나오게 사진을 몇 장 찍은 다음 엘리베이터를 타고 전망대로 향했다.

그래도 융프라우요흐에 도착했을 때는 설산이 그나마 약간 보였는데, 막상 전망대에 올랐을 때는 완전히 구름(안개?)에 싸여서 설산은

융프라우요흐의 전망대 앞 빙하

커녕 주변의 사물도 잘 보이지 않았다.

거기다가 바람까지 세게 부니 추워서 경치 구경은커녕 사진을 찍는 것도 힘들었다. '작년에 왔을 때도 설산을 제대로 못 봤는데, 이번에도 못 보는 것이 그동안 내가 쌓은 덕이 부족해서 그러나? 아니면 이것도 조상 탓인가?'라는 쓸데없는 생각을 하면서 다음 장소로 이동했다.

전망대에서 내려와 눈이 쌓인 곳으로 나왔다. 눈 쌓인 이곳과 아까 가봤던 빙하가 뭐가 다르지 하는 생각을 하면서 '남는 건 사진뿐이야'라는 심정으로 부지런히 사진을 찍었다. 이곳에는 눈썰매를 타는 공간도 따로 있었는데 시간 관계상 타지는 못했다.

눈보라에 휩싸인 전망대

어딘가로 이어진 트레킹 길이 있는지, 또 구경할 만한 곳이 따로 있는 것인지 멀리서 걸어가는 사람들도 꽤 보였다. 아마 날씨가 좋아 걷기에 부담이 없고, 경치가 잘 보였더라면 본격적인 트레킹까지는 아니더라도 그 길을 따라 좀 걸었을 것이다.

우리는 여기서 기차를 타고 내려가서 다른 코스로 트레킹을 해야 하기 때문에 얼른 얼음궁전을 보고 내려가기로 했다. 나는 작년에 얼음궁전을 이미 구경했지만, 다른 일행들을 따라 얼음궁전으로 향했다. 두 번째 봐서 그런지 작년보다 감흥이 덜했는데 다른 사람들은 신기해하면서 감탄을 연발했다.

얼음궁전

얼음궁전 관람을 마치고 우리가 점심 식사를 했던 곳으로 2시쯤에 다시 돌아왔다.

인원 점검을 마치고 2시 55분에 내려가는 기차가 있으니 2시 40분까지 화장실도 갔다 오고, 기념품 살 게 있으면 얼른 산 다음 모이라는 공지가 있었다. 그런데 아뿔싸, 기차 시간이 다 되었는데도 몇 사람이 나타나지 않았다.

확인해 보니 기념품 가게에서 물건을 사는데 계산이 늦어져서 오지 못하고 있다는 것이었다. 그나마 세 사람은 기차 출발 시간 전에 왔지만, 한 사람이 늦게 와서 결국 2시 55분 기차를 타지 못했다.

리더는 애꿎은 우리에게 "이래서 제가 시간을 꼭 지키라고 당부드렸던 겁니다"라고 일장 연설을 했다. 어쩌겠는가, 다음 기차가 3시 30분에 있으니 흩어졌다가 다시 모이는 수밖에.

아무튼 우여곡절 끝에 3시 30분에 출발하는 기차를 탈 수 있었고, 클라이네샤이데크(Kleine Scheidegg)역에 3시 50분에 도착했다.

▲ 클라이네샤이데크역
▼ 클라이네샤이데크역에 서 있는 기차

여기서부터 알피글렌(Alpiglen)역까지 트레킹을 하기 위해 스틱을 펴는 등 준비에 들어갔다. 그런데 가랑비가 내리기 시작하는 바람에 모두 준비해 온 우비를 입느라 출발 시간이 약간 더 지체되었다.

안개 낀 초원은 더욱더 운치가 있었다. 게다가 우비 때문에 거추장스럽고 몸이 좀 둔해지긴 했어도 빨강, 노랑, 보라 등 다양한 우비 색깔로 인해 트레킹 길은 오히려 더 풍성해진 느낌이었다. 각양각색의 우비를 입은 트레커들이 들판을 수놓으면서 야생화의 은은한 색깔과 어우러져 한 폭의 수채화를 이루었다.

클라이네샤이데크(해발 2,061미터)역에서 알피글렌(해발 1,600미터)역까지의 트레킹 길은 완만한 내리막길이었다. 처음에는 아이거 북벽을 바라보면서 내려가는데 아이거 북벽에 걸쳐 있는 운무가 환상의 나라로 이끄는 것 같았다.

당나라 시인 이백의 표현대로 별유천지비인간(別有天地非人間)의 세계가 펼쳐져 있다고나 할까. 사람이 사는 세계에서 신선이 사는 세계로 들어가는 느낌이었다.

출발 지점부터 보이기 시작한 야생화는 알피글렌역에 도착할 때까지 우리 눈을 즐겁게 해주었다. 야생화는 그냥 많은 정도가 아니라 지천으로 깔려 있었

아이거 트레일 출발 지점

📷 아이거 트레일에 핀 야생화

다. 야생화의 색깔도 노랑, 보라, 하양, 빨강 등 다양하게 있어서 마치 세상의 모든 아름다운 색깔이 총출동한 것 같았다.

한국에서 보던 야생화와 비슷한 것도 있었고, 처음 보는 야생화도 많았다. 나야 원래 꽃과 식물 이름을 잘 몰라서 예쁘다고만 생각하며 걷고 있는데, 누군가는 야생화의 이름과 한국에 그 야생화가 있는지 없는지까지 알려주고 있었다.

야생화가 깔린 초원을 바라보면서 몇 년 전에 '천상의 화원'이라 불리는 곰배령에 갔다가 실망한 일이 생각났다. 곰배령에 여기 있는 야생화 100분의 1만 가져다 놔도 정말로 '천상의 화원'이라 불릴 수 있을 텐데 하는 부질없는 생각이 들었다.

모두 운무와 야생화를 보면서 "와! 와!"라는 감탄사를 연발하였고,

그 풍경을 사진에 담느라 계속 걷는 속도가 느려졌다.

리더는 중간중간 갈림길이 있으니 선두에서 앞서가는 사람들은 갈림길이 나오면 기다려달라는 당부만 하고 걸음을 재촉하지는 않았다. 어차피 이 트레킹이 끝나면 기차를 타고 인터라켄으로 돌아가 저녁 식사를 하는 일정만 남았기 때문이었다.

아이거 북벽(Eiger Nordwand) 쪽에 가까워지면서 가파른 절벽을 따라 흘러내리는 폭포도 구경할 수 있었다. 알프스 고봉에 쌓였던 눈이 녹아내리면서 만들어진 폭포들이 여기저기 있었다.

얼마를 더 가자 딸랑딸랑하는 방울 소리가 들리기 시작했다. 비가 오는 중에 소 떼가 풀을 뜯고 있다가 지나가는 사람들이 신기한지 무심한 눈으로 쳐다보고 있었다.

📷 아이거 트레일에 나 있는 폭포

우리가 소를 구경하
는 건지, 소가 우리를 구
경하는 건지 모르겠다는
생각이 들었다. 아무려면
어떤가. 소와 우리가 다
알프스 대자연의 일부이
니 굳이 서로를 구별할 필
요가 없을 테니 말이다.

아이거 트레일에서 만난 소 떼

일행 일부가 소 옆에
서서 사진을 찍는데도 소
들은 사람을 무서워하기는커녕 오히려 폼 잡는 것처럼 자연스러운 자세
를 취했다.

소들은 모두 영화와 여행 다큐에서 보았던 대로 목에 커다란 방울
을 달고 있었다. 좀 무겁지 않을까 걱정될 정도로 커다란 종이었으나 소
리만큼은 청아하게 들려서 마음을 차분하게 가라앉혔다.

천천히 알프스 경치와 야생화를 구경하면서 사진을 실컷 찍다 보
니 트레킹 시간이 두 시간 반 정도 걸렸다.

내리막길이기도 했지만, 경치에 취해 내려오느라 누구 하나 힘들다
는 얘기를 하지 않았다. 아니, 모두의 얼굴에는 마치 꿈속에서 선경(仙
境)을 구경하고 온 듯한 몽롱한 흔적이 남아 있었다. 할 수만 있다면 다
시 그 선경 속을 다녀오고 싶다는 간절한 마음이 느껴졌다.

6시 40분쯤 알피글렌역에 도착했는데, 고도가 낮아서 그런지 비
가 그쳤기에 모두 우비를 벗어서 정리했다.

알피글렌역에서 그린델발트 터미널역으로 운행하는 기차는 소형이고, 옛날식 기차여서 오히려 운치가 있었다. 7시쯤 알피글렌역을 출발한 기차는 10여 분 후에 우리를 그린델발트 터미널역으로 데려다주었다.

늦은 시간이라 그런지 그린델발트 터미널역에서 인터라켄 동역으로 가는 기차는 그리 붐비지 않았다. 비록 융프라우의 설산을 제대로 보지 못한 아쉬움은 있었지만, 그래도 알프스 경치를 제대로 몸으로 체험한 트레킹의 분위기에 젖어 삼삼오오 널찍이 자리를 잡고 앉았다.

나도 우리 여행 리더와 둘이 4인용 의자에 한 자리씩 널찍이 자리를 잡고 앉았다. 건너편 4인용 좌석에도 우리 일행 두 사람이 앉았다.

그때 한국인들로 보이는 젊은 여성 네 명이 쭈뼛거리며 옆자리에 앉아도 되냐고 물었다. 두 명씩 나눠 앉은 젊은 여성들은 오스트리아에 교환학생으로 온 대학생들이었는데, 주말을 이용해 융프라우 구경을 왔다고 했다.

그런데 오늘 운무 때문에 알프스 설산을 제대로 구경 못 해서, 융프라우에 오를 수 있는 VIP 기차표를 일일권만 끊어 내일 다시 구경할 수도 없어 고민이라고 했다. 그러면서 내 앞에 앉은 리더에게 조언을 구했다.

우리 리더라고 해서 그리 뾰족한 수가 있겠는가. VIP 기차표 일일권과 2일권의 차이가 20프랑밖에 안 되는데 2일권을 끊지 그랬느냐는 별 소용 없는 조언을 하고, 오스트리아에서 갈 만한 곳을 몇 군데 추천했다. 그러면서 앞으로 우리 일행이 갈 체르마트와 샤모니의 알프스 풍경을 설명해 주었다.

보다 못한 내가 나서서 스위스 패스가 있다면 다른 각도에서 융프라우를 감상할 수 있는 실트호른을 가보거나, 오스트리아로 돌아가는 길에 있는 루체른을 방문해 보라고 했다.

실트호른은 VIP 기차표와 상관없이 케이블카 요금을 추가로 내야 하지만 그리 비싸지 않고, 융프라우 전망대와는 또 다른 정취를 보여줄 것이라 말했다. 루체른은 인터라켄에서 가는 기찻길도 아름답고, 루체른 자체도 구경할 곳이 많아 충분히 둘러볼 만하다고 얘기했다.

이런 설명을 하다 보니 작년 4월에 갔던 실트호른과 루체른이 눈앞에 아른거렸다.

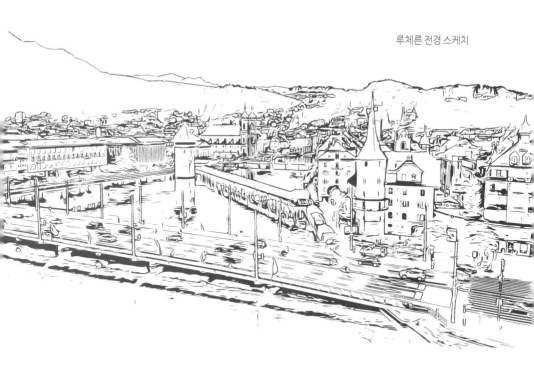

루체른 전경 스케치

저녁 식사는 스테이크와 퐁뒤였다. 퐁뒤는 알프스 지역의 전통 요리로, 약한 불로 냄비 속의 치즈를 녹여 거기에 잘게 썬 빵과 고기 등을 찍어 먹는 음식이다. 우유와 치즈가 유명한 스위스에서 그나마 먹을 만한 음식이나 그날 제공된 퐁뒤는 그야말로 흉내만 낸 수준이었다.

작년에 인터라켄에 왔을 때 하더쿨름에서 제대로 된 퐁뒤를 먹은 적이 있었기에 실망이 컸다. 단체 관광객들을 상대로 하는 음식점이라 큰 기대는 하지 않았지만, 괜히 스위스와 여행사 이미지만 구기는 게 아닌가 싶었다. 주메뉴인 스테이크는 엄청나게 컸는데, 퍽퍽하고 맛이 없어서 몇 조각 썰어 먹다가 말았다.

스테이크가 맛이 없는 이유가, 스위스에서는 스테이크를 위한 육우를 키우지 않고 젖소가 수명이 다 되면 도축을 하기 때문이 아닌가 하는 생각이 들었다. 더욱이 한국이나 미국에서는 사료를 먹여 고기에 마블링이 생기는데, 스위스 소는 젖소인 데다 사료가 아닌 풀만 먹여 마블링이 생기지 않아서 한국인 입맛에 맞지 않는 게 아닐까. 이렇다 보니, 스테이크는 주로 한국인 기준으로 보면 레어(rare) 또는 미디움 레어(medium rare) 수준으로 조리되었다.

식사를 마치고 30여 분 차를 타고 호텔로 돌아왔다. 리더가 내일은 이번 알프스 트레킹 구간 중 가장 험난한(?) 길을 걸어야 하므로 일찍 잠자리에 들 것을 당부했다. 내일 아침 출발 시간은 7시 40분. 더 일찍 출발하고 싶어도 아침 식사 시간이 7시부터라서 어쩔 수 없었다.

오늘 아이거 트레킹도 좋았지만, 작년 4월 인터라켄 여행 시 눈이 쌓여 가보지 못했던 바흐알프제(호수)와 이후의 트레킹 코스를 걸을 수 있다는 기대감에 부푼 마음으로 잠자리에 들었다.

피르스트, 바흐알프제>>쉬니게플라테 트레킹

그린델발트
터미널역 ——— 케이블카 ——— 피르스트 ~~~~ 바흐알프제 ~~~~ 트레킹
(16킬로미터, 6시간)

그린델발트
터미널역 ——— 기차 ——— 쉬니게플라테역 ~~~~

아침 식사를 마친 후 한 사람도 늦지 않고 7시 40분에 출발 준비를 끝냈다. 오늘 피르스트(First)와 바흐알프제(Bachalpsee) 트레킹의 출발점인 그린델발트까지는 기차를 타고 갈 수도 있지만, 시간을 절약하기 위해 피르스트로 가는 케이블카를 타는 지점까지 렌터카를 타고 가기로 했다.

아름다운 튠 호수를 왼쪽으로 그리고 알프스 설산을 정면으로 보면서 신나게 달리던 세 대의 차는 8시 40분에 그린델발트에 도착해 우리를 출발 지점에 내려주고는 근처에 주차하느라 자리를 떴다.

주차하러 간 리더를 기다리는 사이, 우리는 케이블카 매표소 건물 앞에서 사진을 찍고 여러 안내 팸플릿을 살펴보면서 시간을 보냈다. 날

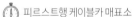 피르스트행 케이블카 매표소

씨가 약간 흐리긴 했어도 피르스트에 올랐을 때 알프스 설산을 볼 수 있지 않을까 하는 희망을 갖기에는 충분했다.

마침내 리더가 도착해 케이블카 표를 사고 나서 오늘의 일정에 대한 간단한 안내가 있었다. 어제는 융프라우 전망대에서 설산을 제대로 보지 못했지만, 오늘 오르게 될 피르스트에서는 더 멋진 알프스 설산을 감상할 수 있을 거로 기대된다는 말에 일행 모두가 함성과 함께 박수를 보냈다.

아울러 6월 초순에 여기에 왔던 1차 팀은 눈이 너무 많이 쌓여서, 또 6월 중순에 왔던 2차 팀은 이번 트레킹의 종점인 쉬니게플라테(Schynige Platte)역에 기차가 운행되지 않아서(7월 1일부터 운행 시작) 트레킹을 할

📷 케이블카 매표소에서 바라본 아이거 북벽

수 없었는데, 3차 팀인 우리만 트레킹을 할 수 있는 행운을 누리게 되었다고 얘기했다.

바흐알프제 트레킹을 하게 된 것은 행운일지 몰라도, 바흐알프제(호수)를 지나 한 시간 동안 오르막을 오른 다음 여섯 시간 정도 걸어야 한다는 사실이 부담되긴 했다. 그것도 16킬로미터에 이르는 긴 거리를 여섯 시간 안에 걸어야 마지막 기차를 탈 수 있다는 리더의 말에 모두 긴장된 표정이 되었다.

마침내 9시부터 우리 일행은 케이블카를 타고 피르스트를 향해 출발하기 시작했다. 출발 지점에서는 날씨가 맑아 푸른 초원을 볼 수 있었으나 점차 고도가 올라가면서 구름이 많아지고, 멀리 보이는 산봉우리도 구름에 싸여 있어 아름다운 알프스 설산을 제대로 볼 수 있을 거라는 희망이 희미해져 갔다.

케이블카는 두 개의 정거장을 거치는 동안 속도가 느려지면서 사람들이 내릴 수 있게 되어 있었다. 아마도 겨울에는 스키 타는 사람들이 원하는 정거장에 내려서 스키를 즐길 수 있도록 하기 위한 게 아닌가 하는 생각이 들었다.

첫 번째 정거장에는 안장이 없는 자전거인 트로티바이크(Trottibike)가 마련되어 있었는데, 이걸 타고 꼬불꼬불한 산길을 타고 내려가는 체험도 가능하다고 했다. 실제로 나중에 그린델발트역에서 만난 한국 여대생들이 이 자전거를 타는 체험을 했다고 말해주었다.

여기서는 트로티바이크 외에도 피르스트 플라이어, 글라이더, 마운틴 카트 등 다양한 탈거리를 즐길 수 있다고 한다.

1. 피르스트행 케이블카
2. 서서 타는 트로티바이크
3. 케이블카 도착 터미널

피르스트 산장

느릿느릿 올라가던 케이블카가 9시 45분에 마침내 피르스트에 도착했다. 그사이 점점 더 몰려온 구름은 멀리 보이던 설산 봉우리뿐 아니라 우리가 서 있던 피르스트 정류장(산장) 근처까지 덮기 시작했다.

인원 점검을 마치고 피르스트 산장을 나와 뒤편으로 돌아가니, 산장으로 다시 돌아오는 잔도(棧道, 험한 벼랑 같은 곳에 낸 길)인 클리프워크(cliff walk)가 아찔한 절벽 위에 설치되어 있었다.

작년에 이곳에 왔을 때는 감탄도 많이 하고 사진도 많이 찍었지만,

이번에는 다른 일행들 사진을 찍어주느라 나는 별로 찍지 않았다. 물론 처음 온 일행들은 너도나도 사진 찍기에 바빴다.

하긴 천 길 낭떠러지 위에 설치된 클리프워크를 걸으며 내려다보는 짙푸른 초원 풍경 그리고 오늘은 보이지 않지만 멀리 보이는 융프라우 설산은 감탄을 자아내기에 충분했다.

클리프워크 끝, 피르스트 산장 2층에는 절벽 위로 길게 뻗어 나온 투명 유리 바닥으로 된 사진 찍는 명소가 있다. 여기서 사진을 찍으면 멀리 보이는 융프라우 봉우리를 배경으로 그럴듯한 작품이 나온다.

바닥과 난간이 유리로 된 클리프워크의 끝   클리프워크에서 내려다본 풍경

오늘은 아쉽게도 융프라우 설산이 구름에 싸여 있어 작품이 나올 것 같지는 않았다. 나는 작년에 찍은 사진이 있어서 다른 일행이 사진을 찍는 동안 산장에서 기다렸다.

피르스트에서 기대했던 설산을 보지 못한 아쉬움을 뒤로한 채 10시 20분에 바흐알프제를 향해 출발했다. 약간 오르막길이었는데, 앞뒤로 보이는 설산들이 구름의 이동에 따라 살짝살짝 얼굴을 내미는 모습을 감상하면서 줄지어 걸었다.

중간에 있는 고개에서 뒤를 보니 피르스트 산장과 이미 지나온 구불구불한 길이 까마득히 보이고, 융프라우는 아니지만 알프스의 또 다른 설산이 웅장한 자태를 뽐내고 있었다.

"남는 건 사진뿐"이라고 했던가. 알프스의 경치에 취해 자꾸 멈춰서 사진을 찍다 보니 걷는 속도가 점점 더 느려져서, 30분이면 도착할 거라던 바흐알프제에 한 시간이 훌쩍 지난 11시 30분에 도착했다.

바흐알프제로 가는 길

▲ 걸음을 멈추고 뒤돌아본 피르스트 산장(사진 가운데 뒤로 보이는 건물)

▼ 멀리 보이는 바흐알프제(호수)

바흐알프제에서도 사진 찍기는 계속되었다. 혼자서, 또는 같이 온 일행끼리 짝을 지어 사진을 찍었다.

우리 말고도 여기까지 올라오는 사람들은 많았다. 심지어 어떤 젊은 외국인 커플 한 쌍은 호수에 들어가 수영까지 했다. 빙하가 녹은 물이라 아주 차가울 텐데 거기서 수영을 하다니, 대단하다는 생각이 들었다.

그 커플은 한 번 헤엄을 치더니 얼른 옷을 갈아입었다. 수영복까지 준비해 온 것을 보면 아마도 즉흥적인 퍼포먼스가 아니라 여기서 수영

바흐알프제에서 수영하는 남녀

하려고 미리 계획했다가 실행하는 게 아닌가 하는 생각이 들었다.

그들은 무얼 보여주려고 한 것일까? 그냥 남들의 이목을 끌기 위해서 치기(稚氣)로 해본 것일까, 아니면 자선 행사 등 어떤 특별한 목적이 있어서 한 것일까? 궁금했지만 직접 물어보지는 못했다.

이제 본격적인 트레킹을 할 시간이 되었다. 지금 시각이 12시인데, 트레킹 종착지인 쉬니게플라테역에서의 막차가 5시 53분이라 다섯 시간 반 안에 트레킹을 마쳐야 한다는 리더의 말에 긴장이 되었다. 막차를 놓치면 그린델발트역으로 돌아갈 수 없으니 무조건 그 기차를 타야 했다.

바흐알프제까지 오는 사람은 많았지만, 이후의 트레킹 길을 걷는 사람은 극히 드물었다. 트레킹 길은 오르막으로 시작해서 중간에 눈이 쌓인 구간을 건너야 했다. 7월 초인데 눈이라니.

오르막인 데다가 고산증이 나타날 수 있는 고도여서 모두 천천히 리듬에 맞춰 걸었다. 중간에 눈이 많이 쌓인 비탈진 구간을 올라갈 때는 긴장하면서 걸었다.

오르막이 끝날 때쯤 되자 바람이 심해졌다. 호수가 보이던 길을 넘어 비교적 평탄한 길로 접어드니 멀리 봉우리 옆에 있는 산장이 보였다. 여기까지 올라오는 사람들도 대부분 그 산장에 들렀다가 내려가는 것 같았다.

우리는 시간이 없는 관계로 그 산장을 지나쳐 계속 걸었다. 조금 더 지나 1시 20분쯤 바람이 약간 잔잔해진 틈을 타서 점심 식사를 하기로 했다.

▲ 쉬니게플라테역까지 트레킹 출발
▼ 뒤돌아서 바라본 바흐알프제

최대한 바람을 피할 수 있는 곳에 각자 자리를 잡은 다음, 여행사에서 나누어준 행동식과 준비해 온 간식으로 그야말로 점심을 때웠다. 나는 준비해 간 겨울 패딩을 걸치고, 따끈한 녹차를 곁들여 빵과 초콜릿 그리고 납작복숭아로 허기진 배를 채웠다.

바람 때문에 추워서 얼른 출발하자는 일행들의 독촉으로 1시 40분쯤 다시 길을 나섰다. 춥기도 했지만, 모두 마지막 기차 시간 전에 도착해야 한다는 사명감(?)에 불탔기 때문에 더 그러지 않았을까.

길은 계속 내리막이었지만, 작은 자갈이 많이 깔린 너덜길이라 걷기가 그리 만만하지는 않았다. 무릎에 가해지는 충격이 최소화되도록 스틱에 의지해 걸으려고 노력하다 보니 팔도 조금씩 아프기 시작했다. 그때 일행 중 한 사람이 힘내라는 의미라면서 휴대폰으로 노래를 크게 틀어 들려주었다.

다행히 노래가 내가 좋아하는 조용필의 명곡들이라 좀 참을 만했지만, 계속 듣다가는 스트레스를 받을 것 같아 걸음을 재촉해 노래가 들리지 않을 정도로 앞으로 나아갔다. 이 좋은 풍경을 즐기면서 명상까지는 아니더라도 혼자 생각에 빠져 걸으려고 하는데, 왜 노래를 크게 트는지 이해가 되지 않았다.

한국에서도 트레킹을 갔다가 특히 나이가 많은 사람들이 다른 사람은 아랑곳하지 않고 옛날 시외버스에서나 들을 법한 '뽕짝' 노래를 크게 틀고 가는 것을 보고 눈살을 찌푸렸는데, 알프스에 와서까지 이러리라고는 생각을 못 했다.

물론 일행 중 일부는 체면치레인지 모르겠으나 노래가 좋다고 칭찬의 말을 하긴 했다. 그렇다고 해도 한 사람이라도 싫어하는 사람이 있으면 모든 사람이 듣도록 노래를 크게 트는 것은 예의에 벗어나는 게 아닐까.

다행히 시간이 조금 지나자 휴대폰 배터리가 다 된 건지, 다른 사람들이 싫어하는 것을 눈치채서 그런 건지 더는 음악을 틀지 않았다.

조금씩 내리막길을 걷다 보니 고도가 낮아지면서 알프스의 아름다운 풍경과 야생화들이 눈에 들어오기 시작했다. 가끔 응달에 쌓인 눈 위를 걸을 때는 미끄러질까 조심하긴 했지만, 걷기에 그리 힘든 길은 아니었다. 리더는 다시 한번 더 기차 막차 시간을 상기시키면서 사진을

📷 고도가 낮아지니 보이는 호수와 야생화

찍느라 너무 지체하지 말 것을 당부했다.

　걷는 길의 우측으로는 안개 속으로 인터라켄인지 모르겠으나 마을과 호수가 보였고, 좌측으로는 크고 가파른 바윗덩이들이 성곽처럼 솟아 있었다.

　제주도 한라산을 영실이나 어리목에서 오르면 윗세오름에 이르고, 윗세오름에서 서귀포 돈네코 방향으로 조금 걸어가면 백록담의 거대한 바위 성채를 보게 되는데 그 성채와 이곳의 바윗덩이 모습이 아주 비슷한 분위기를 풍겼다.

📷 한라산 남벽을 닮은 암벽

야생화가 핀 내리막길

시간이 지나면서 알프스의 아름다운 풍경을 가리고 있던 운무가 걷히고, 맑은 날씨 속에 야생화가 만발한 풍경이 펼쳐졌다.

기차 막차 시간이라는 제한이 있다 보니 자기 때문에 기차를 타지 못하는 불상사를 막기 위해 다리가 아픈 사람들도 마지막 힘을 다해 빠르게 걷는 게 보였다.

나도 '언제 다시 이 길을 걸을 수 있으려나?' 하는 생각에 사진을 안 찍을 수는 없어서, 멈추지 않고 잽싸게 사진을 찍으며 빠르게 걸었다. 길게 뻗은 길을 하염없이 걸어가자 저 아래 멀리 골짜기에 멋진 산장이 눈에 들어왔다.

산장에 도착한 시각은 2시 40분. 아무리 급해도 좀 쉬어가자는 일행들의 성화에 이 산장에서 20분 정도 쉬기로 했다. 대부분 커피와 다

산장에서의 여유

른 음료수를 마셨고, 나와 몇몇은 생맥주를 시켜서 마셨다. 계속 걸어 목이 말라서 그런 건지, 아니면 스위스 맥주 맛이 원래 그런 건지 맥주가 아주 맛있었다.

걷기에 지장이 있는 사람들은 스스로 걱정이 됐는지 먼저 출발한다고 해서 리더가 그러라고 허락했다. 이제부터는 갈림길이 별로 없어 먼저 나서도 큰 문제가 없을 것이라 판단했기 때문이었다.

산장을 출발할 때는 눈길이 간간이 나타났지만, 30분 정도 걷자 눈은 더 보이지 않고 앞으로 길게 꼬불꼬불 뻗은 길만 보였다.

설산을 보는 것도, 야생화를 보는 것도 이제는 별로 감흥이 없어졌는지 사진도 별로 찍지 않고 모두 달리다시피 걸었다. 중간에 소 떼를 만났는데, 그 소들도 목에 커다란 방울을 달고 있었다.

📷 알프스 야생화와 소 떼

　　비탈진 풀밭에 누워 있거나 한가로이 풀을 뜯는 소들을 보자니,
알프스 소녀 하이디나 허름한 옷을 입은 스위스 목동이 금방 튀어나올
것만 같았다.

　　멀리 쉬니게플라테역이 보여서 한 시간이면 가겠구나 생각했는데,
가도 가도 제자리인 것처럼 거리가 좁혀지지 않았다. 산굽이를 돌고 나
면 거리가 다시 늘어나면서 마치 꼬불꼬불한 길을 누가 자꾸 펴서 늘리

는 것 같았다.

막차 시간에 맞게 도착하지 못하면 어떡하나 하는 막연한 불안감에 걸음을 빨리하지만 거리는 좁혀지지 않는 것이, 마치 꿈속에서 도망가도 제자리걸음을 하는 듯한 착각이 들었다.

뒤로 아득하게 보이는 지나온 길

쉬지 않고 달리듯 걸어서 마침내 쉬니게플라테역에 도착하니 5시 30분. 막차 출발 시간까지는 20여 분이 남았다. 마침내 기차를 탈 수 있다는 안도감에 미소 지으며, 여기까지 오면서 못 찍은 사진을 한꺼번에 한풀이하듯 20여 분간 계속 찍었다.

5시 40분쯤 기차가 역에 들어왔다. 기차는 그야말로 옛날 서부 영화에나 나올 법한 '올드한' 모습이었다.

겉모습도 그랬지만 기차 안의 좌석도 놀이동산에 가면 볼 수 있는 딱딱한 의자가 마주 보도록 배치되어 있었다. 막차라서 그런지 손님이 많았고, 빈자리 없이 꽉 찼다.

쉬니게플라테역이 종점인 데다 높은 곳에 있어서 기차는 계속 내리막을 천천히 달렸다. 쉬니게플라테역에서 종착역인 그린델발트 터미널까지는 중간에 간이역이 몇 개 있긴 했지만, 요청이 있을 때만 서는 역으로 운영되고 있었다.

▲ 쉬니게플라테역
▼ 쉬니게플라테역 안으로 들어온 기차

거리가 멀어서인지, 아니면 기차의 속도가 너무 느려서인지 그린델발트 터미널역까지는 한 시간쯤 걸렸다.

그린델발트 터미널역에 도착하니 트레킹에 참여하지 않았던 여행사 팀장이 역 앞에 차를 갖고 와서 기다리고 있다가 운전할 리더와 다른 기사를 태우고 주차장으로 향했다.

그런데 웬일인지 차를 가지러 간 사람들이 30분이 지나도록 나타나지 않았다. 아마 아무 일이 없었다면 차를 갖고 나타나는 데 10분이면 되었을 테니, 분명 무슨 사단이 난 것으로 짐작되었다.

그러고도 한참 있다가 차 세 대가 나타났는데, 내가 탔던 차에 이상이 발견돼서 늦었다는 것이었다. 그러면 그렇지. 그 차는 아무리 엑셀을 밟아도 시속 20킬로미터 이상 속도가 나지 않는다고 했다.

그래서 우선 이상이 없는 두 대의 차는 다른 일행을 태우고 저녁 식사 장소로 떠나고, 이상이 있는 차는 나를 비롯한 일행을 태우고 천천히 뒤따라가기로 했다.

그런데 편도 1차선(왕복 2차선) 도로를 시속 20킬로미터로 천천히 달리다 보니, 뒤차들이 영문을 몰라 상향등을 켜고 무리하게 추월하는 사태가 벌어졌다.

아무래도 안 되겠다 싶어 갓길에 차를 세우고 원인을 파악하고 출발하기로 했다. 나는 차량 매뉴얼에 무언가 참고될 만한 내용이 있을 거라 생각해서 일단 매뉴얼을 읽어보기로 했다.

물론 운전 매뉴얼이 독일어로 되어 있어서 내용은 정확히 알 수 없었다. 하지만 페이지를 넘기니 차의 계기판에 지금 표시된 내용과 비슷한 사항이 기재된 페이지가 보였다.

고등학교 때 배웠던 독일어 실력으로 대충 읽었는데, 배기가스 중 질소산화물(NOx) 농도가 기준치 이상이 되면 그런 현상이 나타난다고 되어 있었다. 렌터카가 경유(디젤)차라서 질소산화물 농도가 기준치 이상이 된다는 얘기는 요소수가 없다는 의미로 이해되었다.

마침 뒤에 앉은 일행이 벤츠 관련 인터넷 검색을 해보더니, 요소수가 최소량 이하로 되면 시속 20킬로미터 이상 나오지 않고 계기판에도 지금과 같은 표시가 나타난다고 했다.

결국 요소수가 부족하다는 결론을 내고, 다시 출발해서 첫 번째 보이는 주유소에서 요소수를 사서 넣었더니 문제가 해결되었다.

처음 요소수 문제를 발견했을 때는 렌터카 회사에 전화해서 해결책을 강구해야 한다는 얘기부터 얼른 차량 정비소를 방문해 차를 손봐야 한다는 등 다양한 의견이 제기되었다. 이상이 생긴 차를 운전하고 있던 리더는 만약 이 문제가 오늘 중 해결되지 않는다면, 내일 인터라켄에서 체르마트로 이동하는 데 차질이 생길 것을 걱정하고 있었다.

아무튼 우여곡절 끝에 문제를 해결했지만, 이게 바로 밴드 모임 여행의 문제점 중 하나가 아닌가 하는 생각이 들었다.

일반 여행사의 패키지여행이었다면 현지의 대형 버스를 빌려서 운행했을 것이고, 만약 이런 일이 생겼더라도 버스 회사에서 쉽게 처리했을 것이다. 여행사에서 렌터카를 빌려 직접 운전하다 보니 이런 문제가 일어난 것이라 볼 수 있다는 뜻이다. 물론 이것이 렌터카를 이용한 개인 자유여행에서도 나타날 수 있는 일이긴 하지만 말이다.

인터라켄>>체르마트, 고르너그라트역>> 리펠베르크역 트레킹

오늘은 인터라켄을 출발해서 두 번째 알프스 미봉인 마터호른 (Matterhorn)을 보기 위해 체르마트로 가는 날이다. 이동 시간이 길어 가능한 한 이른 아침에 출발하는 게 바람직했지만, 짐을 모두 싸서 나와야 했기에 아침 식사를 한 다음 7시 40분에 호텔을 출발했다.

날씨는 아주 맑아서 인터라켄에 하루 더 묵는다면 융프라우와 다른 설산들을 볼 수 있을 것 같다는 생각이 들었지만, 언젠가 다시 보러 오면 되지 않겠느냐는 마음으로 위로를 삼고 인터라켄에 아쉬운 작별 인사를 보냈다.

우리를 태운 세 대의 차는 한 시간 정도 달려 8시 30분쯤에 칸더슈테크(Kandersteg)역에 도착했다. 이 역 뒤편은 큰 설산으로 가로막혀 있

설산을 뒤에 둔 칸더슈테크역

었는데, 그 밑에 터널을 뚫고 기차에 차를 실어 반대편으로 가게끔 되어 있었다. 차를 싣는 기차는 그냥 긴 도로를 기차에 연결해 설치한 형태로, 승객을 태운 차가 발판에 줄지어 서면 터널 속을 지나 운행하는 시스템이었다.

별도의 운임을 내야 하는데, 승객 수에 상관없이 차 한 대당 27스위스프랑(약 40,000원)을 지불했다.

우리가 역에 도착해 운임을 내고 기차가 있는 곳으로 가려고 했더니, 기차에 실은 차가 이미 만석이 되었는지 빨간색 신호등이 켜져 있었다. 그 기차가 떠나는 것을 보고 다음 기차를 기다려 9시 6분에 차를 싣고 출발해서 9시 20분에 반대편 기차역에 도착했다.

📷 기차에 자동차를 싣고 있는 모습

▲ 체르마트역의 환영 인사 글. 가운데에 한글도 보인다.

▼ 체르마트로 이동하는 셔틀 기차

기차를 타고 가면서 그냥 차가 통행할 수 있는 터널을 만들면 될 것 같은데, 왜 번거롭게 기차에 차를 싣고 가도록 만들었는지 궁금했다.

아마도 기차와 차가 다니는 터널을 따로 만들기보다는 기차가 다니는 터널만 만들어서 기차에 차를 싣고 가도록 하면 기차와 차 모두 다닐 수 있지 않겠느냐는 아이디어에서 그런 게 아니었을까 짐작해 보았다. 한국처럼 차의 통행량이 많으면 이런 아이디어가 통하지 않겠지만, 스위스에서는 비교적 통행량이 적으니까 말이다. 그 덕분에 기차에 차를 싣고 이동하는 이색적인 경험을 할 수 있었다.

10시 30분쯤 체르마트 터미널에 도착했다. 체르마트는 마터호른이 바라보이는 좁은 골짜기에 있는 시골 마을로, 자연을 파괴하면서까지 마을 규모를 키우지 않겠다는 의도에서 마을 내에서는 화석연료 차 운행이 금지되어 있었다. 그래서 화석연료 차들을 체르마트 터미널에 세워두고, 사람들은 기차를 타고 체르마트로 이동했다.

체르마트는 마을 크기도 작은 데다 길도 좁아서 소형 전기차만 다닐 수 있었다. 소형 전기차는 공공업무용, 호텔 셔틀, 택시 등이 주를 이루었다.

문제는 전기차들이 좁은 길을 걷

체르마트 시내의 전기차

고 있는 사람들을 위협하듯이 빠른 속도로 운행하고 있다는 점이었다. 길을 걸을 때면 항상 전기차가 갑자기 나타나는 경우를 대비하면서 걸어야 했다. 그렇게 조심하면서 좁은 길을 걷다가도 속도를 내면서 달려오는 전기차를 만날 때면 깜짝깜짝 놀라곤 했다.

체르마트역에서 호텔까지는 걸어서 10분쯤 걸렸다. 호텔까지 가는 동안 전기차 때문에 몇 번이고 길옆으로 피해야 했다. 호텔은 마을 중심부를 흐르는 조그만 냇가 옆에 있었다. 우리가 묵을 페렌(PERREN) 호텔에 도착한 시각이 11시 10분. 아직 체크인 시간이 되지 않아 짐을 호텔에 맡겨두고 배낭만 챙긴 채 점심 식사를 하기로 했다.

호텔을 나서면 보이는 마터호른 봉우리와 체르마트 마을을 배경으로 사진을 찍으면서 다시 시내로 나와 맥도널드에서 햄버거로 끼니를 때웠다. 하긴 스위스의 비싼 물가를 나타낼 때 '빅맥지수'가 사용되기도 하는데, 스위스에서 햄버거 가격은 2만 원에 육박할 정도로 아주 높다.

 체르마트 시내에서 바라본 마터호른

우리에게 주어진 선택권은 소고기냐 닭고기냐 하는 것뿐이었고, 메뉴는 햄버거, 감자 칩, 소프트 드링크로 구성된 세트 메뉴였다. 대부분 소고기를 선택했지만, 나는 닭고기를 선택했다. 왜냐고? 그냥 퍽퍽한 스위스의 소고기가 먹기 싫어서.

점심 식사를 마치고 근처에 있는 기차역에서 1시 10분 고르너그라트(Gornergrat)행 기차를 탔다. 기차는 오르막길을 천천히 달리면서 꼭대기가 구름에 싸인 마터호른을 보여주었다. 민낯을 드러내지 않는 마터호른이 야속하긴 했지만, 내일까지 있다 보면 볼 수 있으리라는 희망을 간직한 채 1시 40분 고르너그라트역에 도착했다.

융프라우 전망대만큼 높지는 않아도 해발 3,000미터가 넘기 때문에 고산증을 느낄 수 있으니 과격한 동작은 삼가라는 주의가 내려졌다. 고르너그라트역에서 바라보이는 마터호른뿐 아니라 다른 설산 풍경도 멋졌기에 20분쯤 사진을 찍을 수 있는 시간이 주어졌다.

📷 고르너그라트역으로 가는 기차에서 본 알프스 설산 풍경

구름에 싸인 마터호른

고르너그라트역에서 본 빙하

　　트레킹은 3시쯤부터 시작되었다. 오늘의 트레킹은 고르너그라트역
을 출발해서 내리막길을 따라 기차를 타고 오면서 보았던 첫 번째역인
로텐보덴(Rotenboden)역을 지나 두 번째 역인 리펠베르크(Riffelberg)역까
지 가는 코스였다.

작은 자갈이 많은 너덜길이긴 했지만, 경사가 그리 급하지 않아 힘
들지 않았다. 게다가 마터호른을 바라보면서 걷느라 지루함도 덜했다.
마터호른 꼭대기를 감싼 구름이 언제 벗겨지려나 하는 기대감을 갖고
걷다가, 조금이라도 꼭대기가 보이면 멈춰 서서 사진을 찍었다.

🥾 마터호른을 마주 보며 걷는 길

　누군가 구름 한 점 없는 마터호른보다는 구름이 약간 걸려 있는 마터호른이 더 보기 좋다는 말을 했다. 완전 누드보다는 약간 옷을 걸친 모습이 오히려 더 관능적인 것과 같다나.

　우리 3차 팀보다 먼저 이곳에 왔던 1차 팀은 눈이 많이 쌓여서 제대로 트레킹을 못 했고, 2차 팀은 트레킹을 하다가 비가 억수같이 쏟아지고 우박까지 내려서 고생했다고 하는데, 우리는 약간 흐리지만 좋은 날씨에 걷고 있으니 그것만으로도 다행이라는 생각이 들었다.

▲ 마터호른 트레킹
길에서 만난 야생화
▶ 트레킹 길 중간에
있는 호수

좋은 여행을 하는 데 있어서 가장 중요한 요인의 첫 번째가 바로 날씨라는 말을 실감할 수 있었다.

그리고 좋은 여행을 위한 다른 요인으로는 좋은 동행이라고 한다. 원래 같이 오기로 했던 아내와는 함께 오지 못했지만 마음에 맞는 친구와 동행했고, 같이 여행하는 사람들과는 아직 친해지지 않았으나 여행을 같이 할 수 없을 정도의 진상(?)도 없으니 이번 여행은 행복한 여행이 아닐까 하는 생각이 들었다.

좋은 여행의 세 번째 조건은 좋은 여행지인데, 알프스만 한 여행지가 없을 테니 이번 여행은 세 가지 조건을 모두 갖춘 완벽히 좋은 여행임에 틀림이 없다.

고르너그라트역을 출발한 지 한 시간 반 정도 지난 4시 45분쯤에 리펠베르크역에 도착했다. 리펠베르크역에는 무릎 통증으로 걷지 않고 기차를 타고 내려온 우리 일행 중 한 명이 앉아 있었다. 내리막길이라 무릎에 무리가 갈 우려가 있고, 내일 있을 수네가 호수 트레킹을 위해서라도 쉬겠다고 하여 미리 와서 우리를 기다리고 있었던 것이다.

그는 한국에 있을 때는 괜찮았는데, 여기서 며칠 계속 걷다 보니 통증이 느껴져 걱정이라고 했다. 돌아가면 병원에서 정밀진단을 받아보라는 조언 아닌 조언을 하면서 체르마트로 내려가는 기차를 탔다.

나는 아직 무릎에 이상을 느낀다거나, 체력적으로도 트레킹을 못할 정도는 아니라고 생각하고 있다. 하지만 이제 조금 더 나이가 들어 무릎 통증이 생기고, 걷는 일이 부담될 정도가 되면 해외여행을 할 수 없을 것이다.

리펠베르크역 앞 이정표

　　그런 생각이 들자 약간 서글픈 마음이 되었다. 그러니 아프기 전에 기회가 되면 부지런히 세상 구경을 많이 해야겠다는 결심을 했다.

　　이번 여행이야 어차피 트레킹을 겸한 여행이기에 체력적으로 부담을 느꼈으면 당연히 참여하지 않았을 것이다. 하지만 나중에 점점 더 체력이 약해져서 패키지여행 일정도 제대로 소화하지 못하고 버스에 앉아 다른 일행이 돌아오기를 기다려야 하는 정도가 된다면 얼마나 마음이 아플까.

자유롭게 여행할 수 있는 체력을 유지하기 위해 지금 나름대로 실행하고 있는 매일 만 보 걷기 등을 지속해서 해 나갈 필요가 있다는 점을 새삼 깨달았다.

하산 후, 저녁 식사를 마치고 나서 호텔로 돌아와 체크인을 한 다음 방 배정을 받았다. 우리가 묵은 페렌 호텔은 기역 자로 연결된 두 동으로 이루어졌는데 정면으로 보이는 건물이 구축 건물이고, 나중에 좌측에 새로운 건물을 지은 것으로 보였다.

밤에 바라본 마터호른

나는 구축 건물에 있는 방으로 배정되었다. 방 자체는 리모델링을 한 것으로 보였으나 전기 콘센트가 스위스식만 설치되어 있어 한국 것과는 맞지 않았다.

다행히 나랑 같이 방을 사용하는 친구가 멀티탭을 갖고 와서 별문제는 없었다. 신관에 배정된 다른 일행의 말로는 신관에는 한국식 콘센트가 설치되어 있어 멀티탭이 필요 없다고 했다.

전기 콘센트는 불편했지만, 내가 사용하는 방은 창문

을 통해 마터호른이 바로 내다보였다.

　새벽 일출 때 마터호른이 황금빛으로 빛나는 모습을 보인다는데 밖에 나갈 필요 없이 방에서 마터호른을 감상하는 호사를 누릴 수 있으니 얼마나 다행한 일인가.

　샤워를 하고 짐을 푼 후 마터호른을 바라보며 앉아 있으니 세상 부러울 게 없다는 생각이 들었다. 마침 한국에서 가져온 소주가 그대로 있어서, 오늘은 마터호른을 바라보며 간단히 술 한잔을 하기로 했다.

　일행 중 나랑 나이가 같으면서 혼자 이번 여행에 참여한 사람이 우리 방으로 놀러 와서 인생 후반부를 어떻게 살 것인가 하는 거창한 주제로 대화를 나누며 잔을 기울이다가, 내일 일정을 위해 잠자리에 들었다.

5일차

수네가 호수 트레일

체르마트역  수네가역  수네가 5개 호수

체르마트역 ─────── 곤돌라 ─────── 수네가역

어제 일찍 잠자리에 들어서 그런지 아침에 눈을 뜨니 5시 30분이었다. 일출 때면 마터호른이 황금빛으로 빛난다는 말을 들었던 게 생각나서 얼른 창문 쪽을 내다보았다.

하지만 안타깝게도 마터호른은 짙은 구름에 싸여 어제보다도 잘 보이지 않았다. '내일은 볼 수 있겠지, 뭐' 하는 심정으로 아쉬운 마음을 접고 씻기 위해 화장실에 들어갔다.

오늘은 7시에 아침 식사를 마치고, 8시 10분까지 기차역 옆의 쿱(COOP) 앞에 모이기로 되어 있었다. 여행사에서 점심용 행동식을 쿱에서 사서 바로 나눠준다고 했기 때문이었다. 초콜릿 등은 미리 구입해도 상관이 없지만, 빵이랑 과일 등은 그때그때 구입해야 더 신선하지 않겠느냐는 이유에서였다. 쿱이 문을 여는 게 8시이니, 문을 열자마자 행동식을 사서 나눠주려고 그 앞으로 모이라고 한 것이었다.

쿱은 한국어로는 협동조합, 특히 생활협동조합을 의미하는데 북유럽에서는 50퍼센트 이상의 시장 점유율을 보이고 있다. 왜 안 그러겠는가. 일반 소비자와 생산자를 조합원으로 거느리면서 생산자 조합원에게는 적정 이윤과 확실한 수요처를 확보해 주고, 소비자 조합원에게는 싸고 좋은 제품을 공급하며 일자리까지 제공하니 말이다.

쿱에서 일하는 직원들은 대부분 조합원이다. 경기 불황으로 시장 여건이 나빠지면 일반 기업들은 구조조정이라는 명분으로 일자리를 축소하는 데 반해, 쿱은 이윤을 줄이고서라도 일자리를 유지하는 정책을 펼치고 있다. 심지어 벌어들인 수익은 조합원들에게 다시 돌려준다.

이처럼 모두가 윈윈(win-win)하는 전략을 취하고 있으니, 인기가 있는 게 너무나 당연한 일일 것이다.

한국은 관제 단체인 농협이 농산물 시장을 장악하고, 대형마트가 도시 소비자들을 휘어잡고 있어 생협이 활성화되지 못하고 있다. 하지만 북유럽의 쿱처럼 소규모 생산자와 소비자가 조합원인 생협이 활성화되면 한국의 가장 큰 문제인 양극화 현상을 줄일 수 있는 상생(相生) 사회를 만들 수 있지 않을까 하는 생각을 해보았다.

행동식 배분이 끝나고, 수네가 익스프레스를 타기 위해 푸니쿨라(곤돌라) 탑승장으로 이동해서 9시에 푸니쿨라를 탔다. 수네가로 가는 푸니쿨라는 어제 이용했던 고르너그라트 기차역을 지나 시내 중심부를 흐르는 개천 위 다리를 건너니 바로 보였다.

푸니쿨라는 계단 모양의 탑승장에 있었는데, 계단을 따라 올라가면서 자신이 타고 싶은 칸에 골라 타면 되었다. 위쪽으로 올라갈수록 도착 후 내려서 적게 걷고, 아래쪽에서 타면 많이 걷게 되는 구조로 되어 있었다.

푸니쿨라 한 칸은 10인 정도가 탈 수 있을 만한 크기였는데, 앉는 의자가 설치된 칸도 있고 의자가 없어 서서 가야 하는 칸도 있었다. 의자가 없는 칸은 아마도 겨울 스키 시즌에 스키를 싣고 가는 사람들이 탈 수 있도록 배려한 것 같았다.

승객들이 모두 타자, 옆으로 나 있는 문의 바(bar)가 내려가면서 문이 닫히고 푸니쿨라가 서서히 올라가기 시작했다. 트레킹 출발점인 수네가역에 도착한 시각이 9시 20분이니, 푸니쿨라를 타고 이동하는 데 20분쯤 걸린 셈이었다.

오늘의 트레킹 코스는 스위스 최고의 명소 중 하나로 알려진 블라

우헤르트(Blauherd) – 수네가(Sunnegga), 즉 수네가 5대 호수 트레킹이다. 수네가 5대 호수는 슈텔리제(Stellisee), 라이제(Leisee), 그린지제(Grindjisee), 그륀제(Grünsee), 무스지제(Moosjisee)를 이른다. 우리는 이 호수들을 모두 걷지만, 대부분 위쪽에 있는 2~3개의 호수만 걷는다고 한다.

5대 호수를 걷는 트레킹 코스의 길이는 9.3킬로미터로 걷기만 하면 세 시간 정도 걸리지만, 우리는 사진을 찍고 충분히 쉬면서 걷기 때문에 네 시간을 예상하고 있었다.

한편, 슈텔리(Stelli) 호수를 슈텔리제(Stellisee) 호수라고 부르는 경우가 많은데, 이는 뒤에 붙는 제(see)가 호수를 뜻하므로 정확하게 표현하자면 슈텔리 호수 또는 슈텔리제라고 부르는 게 맞다. 이는 마치 '역 앞'이라고 해야 할 것을 '역전 앞'이라고 하는 것과 비슷한 이치다.

어제 리더가, 오늘은 고산 지대를 걷는 데다 날씨가 맑아 자외선이 아주 강하니 짧은 바지를 입지 말고 선크림(자외선 차단제)도 충분히 바르라고 여러 번 강조했음에도 짧은 바지를 입고 온 사람들이 있었다.

짧은 바지나 치마를 입으면 자외선에 의한 화상을 입을 수 있어 미리 주의를 준 것이었는데, 그런 좋은 의도도 잘 전달이 안 될 때가 있구나 하는 생각이 들었다.

'내 몸 내가 알아서 하니까 쓸데없는 간섭을 하지 마라'는 의도인가? 실제로 내 경우에 손등 윗부분이 약간 트여 있는 장갑을 낀 적이 있었는데, 나중에 이 부분이 새까맣게 탔던 것을 보면 알프스의 자외선이 강하긴 강한 모양이다. 리더도 더는 말하기 귀찮은지 오늘 일정을 안내하고는 바로 트레킹을 시작했다.

▲ 수네가역에서 바라본 마터호른
▼ 수네가 5대 호수 길과 제주 올레길이 자매 길임을 알리는 표지판

트레킹 시작 지점의 오르막길

　역에서 내리자마자 바라보이는 마터호른의 모습에 감탄하면서 사진을 찍고 오르막길을 오르기 시작했다. 리더는 고산증 염려가 있으니 절대 천천히 무리하지 말고 걸으라고 신신당부했다.

　마터호른을 등지고 걸었는데, 마터호른이 잘 있는지 가끔 뒤돌아보고 확인하면서 걸었다. 어제보다는 마터호른이 구름에 덜 가려서 가끔 봉우리가 드러날 때도 있었다. 그 순간에는 모두 환성을 지르고 카메라에 그 모습을 담느라 야단법석을 떨곤 했다.

　꼭대기가 보이는 마터호른을 배경으로 서로 사진을 찍어주다 보면 어느 순간 다시 구름이 꼭대기를 가리기도 하는데, 이때는 아쉬운 탄식이 터져 나왔다.

특히 내가 풍경 사진을 찍을 때면 자신의 사진을 찍어달라는 요청이 많이 들어왔다. 그런데 다른 사람을 찍어주다 보니 정작 내 사진을 찍을 때는 마터호른이 이미 구름에 가려지는 경우가 생겼다.

이런 일을 몇 번 겪으면서, 기회가 생기면 다른 사람에게 양보한다거나 '조금 이따 하지, 뭐' 하고 미루지 말아야 한다는 인생의 교훈을 얻었다. 멋진 풍경이 나왔을 때 다른 사람이 사진을 찍어달라고 하면 "우선 저 먼저 찍어주세요"라고 한 다음, 내 사진을 찍고 나서 다른 사람에게 선의를 베풀어야 한다는 교훈도 말이다.

그렇게 당당하게 요구할 수 있는 게 내 권리라는 사실을 마음에 새기리라는 결심을 했다.

중간중간 쉬면서 사진을 찍고 천천히 올라가느라 오르막을 오르는데만 한 시간 반 정도 걸렸다. 아마 웬만큼 걷는 사람이 사진을 찍지 않

 오르막 중간에 쉬는 모습

고 올라간다면 한 시간도 채 걸리지 않을 거리였다.

오르막을 거의 오르자 넓은 평지가 나타났다. 거기에는 쉬어가라는 뜻인지 의자까지 놓여 있었다. 그 의자에 앉으면 마터호른을 배경으로 멋진 사진을 찍을 수 있다면서 리더가 사진을 찍어주기 시작했다.

여기서도 마찬가지로, 여러 사람의 사진을 찍어주다 보면 어떤 사람을 찍을 때는 마터호른이 구름에 가려지기도 했다. 약은 사람들은 줄을 서 있다가도 자기 차례에 마터호른이 구름에 가릴 것 같으면 약간 뒤로 물러나서 기다리다가 마터호른이 선명하게 보일 때 사진을 찍어달라고 했다.

인생을 살다 보면 나쁜 운이 올 때가 있는데, 그럴 때는 그 나쁜 운이 지나가도록 조금 기다렸다가 다시 시작하는 지혜가 필요하지 않을까 하는 생각이 들었다.

여러 사람이 사진을 찍는 동안 그냥 기다리기가 지루해서 친구에게 마터호른 꼭대기에 손가락을 대고 있는 듯이 보이도록 사진을 찍어달라고 부탁했다. 이런 사진은 마터호른 트레킹에 관해 인터넷 조사를 하다가 발견했었는데, 이번 여행을 하면서 꼭 찍어보고 싶은 사진이었다.

이 사진을 찍으려면 내 손가락을 마터호른 꼭대기에 정확하게 맞춰야 하는데, 친구는 자꾸 나에게 이리저리 움직이라고 요구했다. 하지만 맞추기가 쉽지 않아서 쪼그려

마터호른이 내 손가락 아래(?)에

앉아 사진을 찍는 친구도, 팔을 뻗고 손가락을 아래로 내린 채 이리저리 움직이면서 맞추는 나도 힘이 들었다.

그래서 내가 "나한테 맞추라고 하지 말고, 자네가 카메라를 움직여 맞추는 게 나을 거야"라고 말했고, 친구도 "정말 그러네. 오케이"라면서 겨우 사진을 찍을 수 있었다.

우리 인생에서도 서로 맞춰야 하는 일이 생겼을 때, 상대를 바꾸려고 노력하기보다는 내가 어떻게 대응해야 하는가를 고민하는 게 훨씬 더 낫다. 상대를 바꾸기는 힘들지만, 내가 어떻게 대응해야 하는지는 내가 하기 나름이니까.

이처럼 사진 하나를 찍으면서도 삶의 지혜를 깨닫게 되는 것이 여행이 주는 또 하나의 매력이 아닐까 싶다.

사진을 찍으면서 천천히 걸어 수네가 호수에 도착하니 11시 30분이 되었다. 수네가 호수는 해발 2,288미터의 높이에 있는 호수로 그리 크지는 않았지만, 바람 없이 물결이 잔잔한 날에는 물에 비친 마터호른이 환상적으로 보이는 곳이다.

 수네가 호수에 도착

하지만 오늘은 약간 바람이 있는지 물에 비친 마터호른은 보이지 않았다. 그래도 새파란 호수와 마터호른을 배경으로 열심히 사진을 찍은 뒤 준비해 온 행동식으로 점심 식사를 했다.

식사하는 동안에도 우리를 지루하지 않게 하려는지 마터호른은 구름에 가려졌다가 살짝 드러났다가 하면서 수시로 다른 모습을 보여주었다. 그 모습을 보면서 여기서 이렇게 점심을 먹으리라고 상상이나 했었냐는 생각이 들자 갑자기 가슴이 먹먹해졌다.

세계 3대 미봉을 꼽으라면 여러 의견이 있을 수 있으나 높이가 아니라 색다른 모습을 기준으로 한다면 마터호른(Matterhorn, 4,478미터)과 네팔 마차푸차레(Machapuchare, 6,993미터), 쿰부 히말라야(Himalaya, 6,812미터)를 들 수 있다.

마터호른은 높이가 5,000미터도 되지 않지만, 그 독특한 모습으로 인해 파라마운트 영화사의 로고로 등장한다고 알려져 있다. 하지만 실제로 영화사 로고에 등장하는 산은 마터호른이 아니라 페루의 안데스 산맥에 있는 아르테손라후(Artesonraju, 6,025미터)라고 한다.

이 글을 쓰기 위해 조사를 하지 않았더라면 나도 파라마운트 영화사 로고에 등장하는 산이 마터호른이라고 굳게 믿고 있었으리라. 하긴 파라마운트 영화사의 로고가 연도에 따라 조금씩 바뀌었다고 하니, 그 중에 미터호른이 포함되었을 수도 있는 일이긴 하다.

5개 호수 중 가장 높은 곳에 있는 수네가 호수 옆에서 식사를 마치고, 나머지 네 곳의 호수를 향해 출발했다. 수네가 호수를 한 바퀴 돈 다음 처음 올라왔던 방향의 반대편인 좌측 내리막길을 따라 내려갔다.

바람이 불어 잔물결이 이는 수네가 호수

수네가 호수에서 내려가는 길

내리막길은 차가 다닐 수 있는 넓은 길로, 걷기에 그리 좋은 길은 아니었다. 그 길을 따라 냇물이 흐르고 있었는데, 한낮의 더위도 식힐 겸 냇가에 앉아 발을 담그면서 쉬다가 가기로 했다.

등산화를 벗고 등산화 속에 갇혀 있던 발을 들어 양말을 벗고는 냇가에 앉아 발을 물에 담갔다. 개울은 한국에서 흔히 보던 것과 모양이 비슷했지만, 물은 엄청나게 차가웠다. 뜨거운 열기에 열을 받은 발도 냇물에 담그자마자 견디지 못하고 바로 빼야 할 정도였다. 알프스 인근의 냇물은 모두 빙하가 녹은 물이라 차갑다고 하더니, 과연 그 말이 맞는다는 것을 실감할 수 있었다.

스위스에서 본 개울(냇물)은 한국의 개울과 달리 조용히 흐르는 게 아니라 상당히 격하게 흐르는 게 특징이다. 마치 한국에서 장마철에 비가 많이 왔을 때 흐르는 격류처럼 물살이 빠르고 수량도 많다.

겨울에 빙하가 녹지 않으면 개울의 수량이 줄어들지는 모르겠으나, 작년 4월에 왔을 때도 그렇고 이번에도 개울물은 아주 거세게 흐르고 있었다.

같은 개울이라도 한국의 개울이 물고기도 잡고, 더운 여름에는 개울가에 앉아 더위도 식힐 수 있는 친근한 개울이라면 스위스의 개울은 보기에는 한국의 개울과 비슷해도 접근하기 어려운 존재라는 느낌이 들었다.

이는 산도 마찬가지다. 한국의 산들이 아기자기한 게 언제든 우리를 품에 안을 듯 푸근한 느낌이라면, 스위스 알프스의 산들은 깎아지른 절벽과 항상 눈 쌓인 꼭대기가 있어서 그런지 사람이 다가가기 힘들 것 같은 느낌을 준다.

한국의 산들이 높지 않아서 그렇겠지만 산꼭대기에 오른다고 정복했다는 표현을 쓰지 않는 대신, 스위스 알프스의 산꼭대기에 올라가게 되면 정복했다는 표현이 어울리는 게 바로 그런 이유 때문이 아닐까.

빙하 물로 냉수 족욕을 끝내고 다시 길을 내려가기 시작했다. 차가 다니는 길을 한참 따라가다가 왼쪽 숲속으로 가는 길을 따라 내려가니 두 번째 호수가 나타났다.

그 호수에는 스위스에서 많이 볼 수 있는 발레블랙노즈(Valais Blacknose)라는 독특하게 생긴 양들이 풀을 뜯기도 하며 편히 앉아 쉬고 있었다.

발레블랙노즈는 얼굴이 검은 가면을 쓴 듯하고 털은 복슬복슬했다. 성격은 아주 온순해서 사람들을 무서워하지 않는다고 한다. 우리 일행은 이 양들과 함께 호수와 마터호른을 배경으로 사진을 많이 찍었다.

호숫가에는 양치기로 보이는 머리를 길게 기른 남자가 나무 그늘 밑에 누워 책을 보

발레블랙노즈와 양치기

고 있었다.

그의 옆에는 양들이 앉아 있기도 하고, 그에게 몸을 비비면서 만져 달라는 시늉도 하고 있었다. 자기들이 반려동물이라도 되는 양 착각하고 있는 게 아닌가 하는 생각이 들 정도였다.

말을 타고 넓은 초원에서 양 떼를 몰고 다니는 양치기를 상상했다가, 호숫가에서 책을 읽는 양치기를 만나니 뭔가 양치기에게 갖고 있던 선입견이 와장창 깨지는 듯했다.

양치기는 우리가 양을 만지든 말든, 떠들면서 사진을 찍든 말든 그냥 책만 읽었다. 그러다가 주위가 너무 시끄러워서인지 자기 몸을 계속 만져달라고 조르는 양을 쓰다듬으며 눈을 감았다. 마치 세상을 초월한 신선의 모습이라고나 할까.

머리가 긴 것은 신선을 닮았어도 나이가 너무 어리긴 했다. 하지만 누군가 호수에 도끼를 빠뜨리면 본래의 모습으로 돌아와 "이 도끼가 네 도끼냐?"라고 말할 것 같은 분위기를 풍겼다.

중간에 있는 2개의 호수를 지나 마지막 호수에 이르는 길은 약간 오르막길이었다. 마지막 호수는 그리 크지 않았는데, 다른 호수와 달리 줄로 잡아당기면 반대편으로 이동할 수 있는 뗏목(?) 배가 있었다.

우리가 도착했을 때는 어린이 두 명이 뗏목 배를 타고 저편에서 건너오고 있었다. 그런데 우리 일행 중 몇 명이 그 뗏목을 타셨다고 줄을 섰다.

사실 뗏목을 타고 건너편으로 가는 것은 큰 의미가 없었다. 뗏목을 타는 것보다는 걸어서 가는 것이 더 빠를 정도로 가까운 거리였으니까

🎦 뗏목 배가 있는 호수

말이다. 뗏목을 타려는 이유는 단지 사진을 찍기 위해서라고 보는 게 맞는 것 같았다.

　일행이 뗏목을 타느라 기다리는 동안 리더는 우리가 지루해할까 봐 자신이 예전에 이 뗏목을 탔다가 일어난 재미있는 일화를 들려주었다.

　자신과 제법 몸집이 큰 여자가 뗏목을 탔는데, 그 여자가 뗏목 위에서 균형을 맞추기는커녕 무섭다고 자신이 있는 곳으로 다가오는 바람에 자신이 물속에 빠졌다는 이야기였다.

그러고 보니 두 사람이 뗏목을 탈 때는 처음에 탄 사람이, 다음에 타는 사람이 잘 탈 수 있도록 뒤쪽으로 물러나 있어야 한다. 무섭다고 계속 앞에 서 있다가는 뗏목이 물에 잠길 수도 있다. 두 사람 이상이 되면 관계에서만 균형이 중요한 게 아니라, 뗏목을 타는 일에도 균형이 중요하다는 사실을 깨달았다.

이제 우리가 처음 올라왔던 수네가역으로 가야 할 시간이 돼서 푸니쿨라를 타러 갔다. 푸니쿨라는 한 칸짜리로 약 100미터의 짧은 거리를 이동할 수 있도록 되어 있었다. 또 두 개가 한 쌍으로 운영되고 있었는데, 한쪽이 올라가면 다른 쪽이 내려오는 구조였다.

이 푸니쿨라를 타기 위해 사람들이 입구에서부터 길게 줄을 서 있었다. 그런데 트레킹을 할 때는 보지 못했던 한국 사람들이 보이더니 줄을 서 있는 외국 아이들에게 큰 소리로 말을 걸기 시작했다. 독일어로 말을 걸다가 못 알아들으니까 프랑스어로 말을 걸기도 했는데, 상대 아이들은 주눅이 들어서 그런지 별로 대꾸가 없었다.

그런데 그 순간, 일행 중 한 명이 그 아이들이 귀엽다면서 어깨를 껴안는 것이었다. 다행히 다른 일행이 신체 접촉을 하면 안 된다고 주의를 주었고, 당사자도 얼른 손을 떼는 바람에 큰 불상사는 없었다. '해외 여행을 하다 보면 참 제멋대로 구는 못난 한국인들이 많다더니, 정말 그러네'라고 느낀 순간이었다.

오늘 일정이 거의 마무리되었기에 아쉬운 마음을 달래고자 수네가역에 있는 카페에서 잠시 쉬다가 가기로 했다. 커피를 주문한 사람들도 있었지만, 나를 비롯한 몇몇 사람은 생맥주를 주문했다.

마터호른이 보이는 야외 테이블에서 앉아 사진도 찍고 한참 얘기를 나누는데, 옆자리에 있던 한국인들이 카메라로 우리 일행을 찍어주겠다고 했다. 그게 계기가 되어 얘기를 나누고 보니, 이들은 매년 친구들끼리 알프스를 방문한다고 했다. 우리처럼 '빡센' 일정이 아니라, 가볍게 기차를 타거나 전망대를 이용해 알프스의 경치를 즐기는 것으로 보였다.

나이가 들어 친구들끼리 알프스까지 와서 우의를 다지다니 부러운 마음이 들었다. 우리 일행 중에도 내가 친구와 같이 이번 여행을 왔다니까 부럽다고 하는 사람이 있었는데, 이들은 나보다 더한 듯싶었다. 혼자서도 매년 오기 힘든 알프스를 친구들과 어울려 매년 오고 있다니 말이다.

마침내 마터호른과 수네가 호수에 작별 인사를 하고 내려갈 시간이 되었다. 아쉬운 마음을 뒤로하고 우리는 수네가역으로 가서 푸니쿨라를 타고 체르마트로 내려갔다. 올라올 때는 푸니쿨라 시스템에 익숙하지 않아 우왕좌왕했지만, 한 번 경험했다고 모두 능숙하게 푸니쿨라에 올라탔다.

이제 저녁 식사를 한 후 오늘 밤을 자고 나면 내일은 마지막 여행지인 샤모니로 이동할 것이다. 알프스의 정취를 즐기는 동안 벌써 여행일정의 절반이 지났다는 게 못내 아쉬웠다. 하루하루가 알프스의 새로운 기운으로 채워지는 것 같은 느낌이 좋긴 했지만, 그런 기운을 받을 날도 얼마 남지 않았다는 사실에 마음속이 아쉬움으로 가득해졌다.

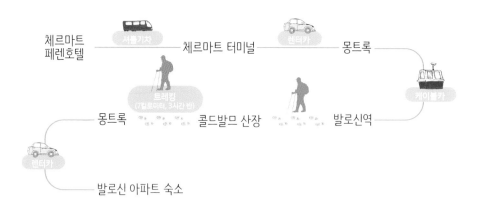

6일차

체르마트>>샤모니 이동, 콜드발므 트레킹

체르마트
페렌호텔 ——— 셔틀기차 ——— 체르마트 터미널 ——— 렌터카 ——— 몽트록 ——— 케이블카

몽트록 ——— 트레킹
(7킬로미터, 3시간 반) ——— 콜드발므 산장 ——— 발로신역

렌터카

발로신 아파트 숙소

나의 안타까운 마음과는 상관없이 체르마트에서의 마지막 밤이 지나가고 아침이 밝았다.

체르마트를 떠난다는 아쉬움 때문인지, 아니면 새로운 여행지인 샤모니에 대한 설렘 때문인지 아침 5시가 되기도 전에 눈이 저절로 떠졌다. 어쩌면 일출 시에 보인다는 마터호른의 황금빛 자태에 대한 기대감으로 일찍 눈이 떠졌는지도 모르겠다.

일어나자마자 창문 쪽으로 갔더니 오늘은 마터호른에 구름이 보이지 않았다. 이제 해가 떠오르기만 하면 멋진 황금빛 마터호른 모습을 볼 수 있겠구나 하는 기대감이 커졌다.

창문가에 앉았다가 더 멋진 사진을 찍기 위해 밖으로 연결된 발코니로 나갔다. 약간 싸늘한 기운이 느껴지기는 했지만, 견딜 만해서 마터호른 봉우리에 비치는 햇빛의 크기가 조금씩 커져 가는 모습을 지켜보았다.

그런데 거의 해가 다 떠올라서 마터호른 봉우리 전체에 햇빛이 비치는데도 마터호른 봉우리는 황금빛으로 변하지 않았다. 조금 더 있으면 완전히 밝아질 것 같아서 마터호른 모습 그대로의 사진이라도 찍자고 스마트폰 카메라를 들이댄 순간, 이게 웬일! 카메라에는 황금빛 마터호른의 모습이 보이는 게 아닌가.

아침의 황금빛 마터호른

나는 아직도 왜 눈으로 볼 때는 황금빛보다는 은빛에 가까웠던 마터호른의 모습이, 카메라에는 황금빛으로 보였는지 확실히 알지 못한다. 다만, 그냥 추리해 본 바로는 눈으로 볼 때보다 카메라로 찍을 때 빛이 적게 들어와서 그런 게 아니었을까.

'백문이 불여일견(百聞不如一見)'이라고 '백 번 듣는 것이 한 번 보는 것만 못하다'라는 말이 있다. 그만큼 보는 것이 믿을 만하다는 의미겠지만, 황금빛 마터호른을 보면서 꼭 그렇지만은 않을 수도 있겠다는 생각이 들었다. 분명히 눈으로 볼 때는 평범한 은빛 자태인 마터호른이 카메라에는 황금빛으로 보이니 말이다.

눈으로 지금 보는 것이 믿을 만한 게 아니라면, 과거에 내가 보았던 것은 더 믿을 만한 게 아닌 것은 너무나 자명한 일이지 않을까. 우리 뇌가 눈으로 보는 모든 것을 기억하는 것이 아니라, 우리가 기억하고 싶은 것들만 선별해서 기억한다니 더욱더 그 말이 맞는 것 같다.

더군다나 기억은 나중에 우리 기대(?)에 맞춰서 왜곡까지 된다고 한다. 그러니 보고 나서 기억 속에 남아 있는 것(이라고 믿는 것)들이 믿을 만하지 않을 수도 있다는 사실을 명심할 필요가 있지 않을까. 황금빛 마터호른을 보면서 나중에 내 기억 속의 마터호른은 어떤 모습으로 기억될까 궁금해졌다.

7시부터 시작된 식사 시간에 맞춰 아침 식사를 하고 짐을 싼 다음, 샤모니로 가기 위해 밖으로 나왔다. 우리가 타고 갈 차가 체르마트 터미널에 주차되어 있어서 8시 30분 체르마트역에서 터미널행 셔틀 기차를 탔다.

이른 아침이라 그런지 셔틀 기차를 타고 이동하는 사람은 그리 많지 않아 우리가 기차 전체를 전세 낸 듯이 한가롭게 타고 갈 수 있었다.

엊그제 터미널에서 체르마트역까지 똑같은 기차를 타고 왔을 텐데, 거꾸로 가서 그런지 기차 밖으로 보이는 풍경이 새로워 보였다. 아마도 앞으로 언제 다시 이곳 체르마트를 와볼 수 있겠느냐는 아쉬운 마음에 더더욱 그런 느낌이 들었을 수도 있겠다는 생각이 들었다.

우리의 마음을 아는지 모르는지 셔틀 기차는 무심하게 달리다가 우리를 8시 50분에 터미널에 내려주었다.

운전할 사람들이 주차된 차를 가지러 간 사이에 우리는 화장실도 다녀오고, 역 안에서 사진도 찍으면서 기다렸다. 세 대의 차 모두 크기가 컸지만, 각자 가져온 짐이 많았기 때문에 짐을 실을 때는 언제나 시간이 걸렸다.

승합차 뒤쪽의 짐 싣는 공간을 넓힐 수 있도록 맨 뒤 의자를 약간이라도 앞쪽으로 당기면 좋으련만 우리가 렌트한 벤츠와 BMW 승합차는 그런 기대를 외면했다. 어쨌거나 이리저리 모든 짐을 다 우겨서 싣고 9시 30분에 샤모니를 향해 출발했다.

샤모니는 프랑스에 속한 곳이라 오늘 스위스에서 프랑스로 넘어가는 셈이다. 나라와 나라 사이의 국경을 넘어가는 것이었지만, 이제는 두 국가가 모두 EU에 속해 있어 이동에는 아무런 절차나 장애가 없었다. 그냥 스위스 국내에서 이동할 때처럼 차를 타고 가면 그만이었다.

꼬불꼬불한 산길을 달리던 차는 두 시간 정도를 달려 11시 30분쯤, 산 고개 위에 있는 휴게소 비슷한 곳에 도착했다.

우리 차를 운전하던 리더가 휴게소에 차를 세우더니, 보여줄 게 있

(나침반) TMB 안내도

다며 우리를 건너편으로 안내했다. 그곳에는 여러 표지판이 있었는데, TMB(투르드몽블랑) 관련 표지판도 보였다.

리더는 몇 년 전 TMB를 걸을 때 이곳을 지나서 갔다면서 산기슭을 가리켰다. 멀리 보이는 산등성이가 조금 있다 우리가 트레킹을 할 콜드발므(Col de Balme)라고 설명했다. 그러면서 오늘은 샤모니로 가는 길에 콜드발므 트레킹을 하고 나서 호텔 체크인 그리고 저녁 식사를 할 예정이라고 했다.

휴게소에서 출발한 지 30분 정도 지난 12시쯤에 몽트록(Montroc)에 도착했다. 여기서 케이블카를 타고 발로신(Vallorcine)역으로 올라간 후 콜드발므 산장으로 이동해서 트레킹을 시작할 참이었다.

차를 세우고 짐을 정리한 다음, 표를 사서 케이블카를 탑승한 시각이 12시 50분. 1시 10분에 발로신역에 도착한 우리는 콜드발므 산장까지 20분 정도를 걸어서 이동했다. 콜드발므 산장 근처는 봉우리와 봉우리 사이의 고갯마루라서 그린지 바람이 아주 강하게 불었다. 찬 바람은 아니었지만, 추위가 느껴져서 겨울 패딩을 꺼내 입었다.

콜드발므 산장 옆에는 스위스와 프랑스 국경 표지석이 있었는데, 상징적인 의미일 뿐 이 국경을 지키는 경비대는 보이지 않았다.

▲ 휴게소에서 바라본 콜드발므
▼ 발로신역으로 올라가는 케이블카에서 내려다본 풍경

앞쪽으로 멀리 보이는 콜드발므 산장

　산장 앞으로, 아까 우리가 잠깐 멈춰 섰던 휴게소와 TMB 길이 아스라이 펼쳐져 있었다. 그 휴게소에서 여기까지 걸어왔더라면 하루 종일 걸렸을 텐데, 차와 케이블카를 타고 오니 채 두 시간도 걸리지 않았다.

　이걸 문명의 혜택이라고 좋아해야 하는 걸까 하는 의문이 문득 늘었다. 역설적으로 보면 차와 케이블카를 타고 오면서 이동 시간은 절약했지만, 트레킹 길을 걸으면서 느끼는 희열은 경험하지 못하였으니 꼭 어느 쪽이 좋다고 말할 수는 없을 것 같았다.

📷 콜드발므 산장

    미국 시인 로버트 프로스트의 시 〈가지 않은 길〉에 나와 있듯이 두 갈래 길 중 한 가지를 선택했으니, 선택하지 않은 길에 대한 미련은 버려야 하는 걸까? 한 가지를 선택하면 다른 것은 버려야 하는 인생길과 달리 다음번에는 차와 케이블카가 아닌 TMB 길 트레킹을 선택해서 걸을 수 있으니 다행이라고 해야 하는 걸까?

    이미 오후 한 시가 넘어 배 고플 시간이 되었기 때문에 일부는 산장 앞 탁자에서 점심 식사를 시작하고, 일부는 그런 와중에도 국경 표지석에서 사진을 찍기에 바빴다.

산장 앞에 바로 붙어 있는 식탁은 건물이 바람을 막아준 덕에 그래도 앉아서 식사를 할 만했다. 우리 일행은 바람이 덜한 산장 건물 앞 탁자 두 개를 차지하고 식사를 시작했다.

한참 식사하는데, 산장 주인인 듯한 남자가 불쾌한 얼굴로 나오더니 우리가 앉아 식사하는 모습을 사진으로 찍고는 리더를 좀 보자고 말했다. 그래서 리더에게 산장 주인이 보자 한다고 말했더니, 리더는 신경 쓸 필요 없다고 하면서 산장에 들어가지 않고 있다가 2시에 출발하자고 했다.

식사를 마치고 나는 국경 표지석에서 사진을 찍고 맨 뒤쪽에서 걷기 시작했다. 산장에서 시작하는 트레킹 길은 내리막으로 그리 힘든 코스는 아닌 듯했다. 조금 내려가자 산장에서 심하게 불던 바람도 좀 잦아들어 밑에 내려다보이는 풍경을 바라보면서 걷고 있었다.

스위스-프랑스 국경 표지석

10분쯤 내려갔을까. 갑자기 웅성웅성하는 소리가 들리면서 우리 일행이 멈춰 서 있고, 어떤 외국인이 사륜구동 오토바이를 큰길에 세운 채 핏대를 올리고 있었다.

멀리서 봤을 때는 우리 일

행 중에 부상자가 생겨서 연락받고 온 사람이 아닌가 싶었다. 그런데 가까이 가서 보니 아까 들렀던 콜드발므 산장 주인이 리더와 옥신각신하고 있었다.

내용을 들어보니 사용료를 내고 산장 테이블을 사용해야 하는데, 그냥 갔으니 그 사용료를 받으러 왔다는 것이었다. 아마도 우리가 바람이 덜한 산장 앞 테이블을 모두 차지하고 식사하는 바람에 손님들이 산장 안에 들어가는 데 방해가 되어 테이블 사용료라도 받으려고 했는데, 우리가 그냥 가서 화가 난 것 같았다.

"사용료에 대해 얘기하려고 리더를 불렀는데, 오지 않고 도망가서 기분이 나빴다"면서 험악한 얼굴로 다그치고 있는 산장 주인을 보니, 만약 이번에도 안 내고 그냥 내려가면 경찰이라도 부를 것 같았다.

산장 주인이 화난 상태에서 영어로 얘기하는 바람에 의사소통이 제대로 되는 것 같지 않았다. 영어로 하는 협상이라면 내가 이제까지 회사에서 해오던 일이 아닌가.

결국 내가 나서서 "미안하게 되었다. 그럼, 사용료를 얼마 내면 되겠느냐?"라고 하자 일 인당 5유로이니 20명으로 계산해서 100유로를 내라는 것이었다. 산장에서의 커피값이 2유로 정도밖에 안 되는데, 5유로를 내라는 것은 좀 너무하다는 생각이 들었다.

그래도 어쩌겠는가. 만약 산장에서 몇 사람이라도 2유로짜리 커피를 사 먹었더라면, 아니 모두 커피 한 잔씩을 사 먹었더라도 40유로면 됐을 것을 5유로씩 내라는 것은 '괘씸하다'는 산장 주인의 마음의 표현이라는 생각이 들었다. 그래서 다시 한번 더 사정을 하자 "그럼 50유로만 내라"고 했다.

50유로이니 7만 원 정도라 그리 큰돈은 아니었지만, 산장 주인이 기분이 나쁘지 않도록 미리 배려했더라면 이런 일이 발생하지 않았을 텐데 하는 아쉬움이 남았다. '1차 팀과 2차 팀도 그 산장에서 점심 식사를 했을 텐데 그때는 이런 일이 없었나?' 하는 의문도 들었다.

아무튼 적은 돈이지만 뜻하지 않은 비용 부담을 해야 하는 리더도 기분이 별로 좋지 않았을 것이고, 단체로 몰상식한 집단 취급을 당한 우리도 기분이 좋지 않기는 매한가지였다.

그렇지 않아도 해외여행을 할 때 한국의 단체 여행객들이 매너에 어긋난 행동을 많이 하면서 지탄받는 경우가 있다고 하는데, 꼭 우리가 그런 진상 여행객이 된 것 같아 마음이 개운치 않았다. 그래도 이미 벌어진 일이라 이번 일을 교훈 삼아 다음에는 이런 불미스러운 일이 생기지 않도록 조심하는 수밖에.

한바탕 해프닝을 겪고 나서 다시 트레킹이 이어졌다. 지금까지는 비교적 가파르고 좁은 길이었지만, 이제부터는 차가 다닐 수 있는 넓은 너덜길이 이어졌다. 하긴 차가 다닐 수 있는 길이니 아까 산장 주인도 사륜구동 오토바이를 타고 여기까지 쫓아오는 것이 가능했을 것이다.

산 중턱으로 내려서자 바람은 좀 잦아들었으나 가랑비가 내리기 시작했다. 내려갈 길이 멀어서 우비를 꺼내 입고 천천히 내려가기 시작했다.

주변에 야생화가 많이 피어 있었는데, 우리 철쭉 같지만 크기가 좀 작은 꽃이 많이 보였다. 오른편에는 야생화와 철쭉(?)이 핀 가파른 경사면이 보이고, 왼편에는 우리가 타고 올라온 케이블카 정류장과 샤모니

콜드발므에서 내려다본 샤모니

시내가 아득히 내려다보였다.

길은 우리가 타고 왔던 케이블카 중간 역을 지나 계속 이어졌다. 다리가 아파서 더 걷기 힘든 사람들은 케이블카를 타고 내려가면 된다는 안내가 있었지만, 모두 걷기를 선택했다.

중간 역에서 몽트록역까지는 길이 내리막이면서 자전거 도로와 트레킹 길이 얼기설기 얽혀 있었고, 단체로 자전거를 타고 내려가는 사람들도 많이 보였다.

그런데 우리가 걷는 길에 자전거 길이라는 표지판이 있는 것처럼 보였지만, 자전거들이 다른 길로 내려간 까닭에 우린 그 길을 따라 열을 지어 천천히 내려갔다.

이제는 야생화 구경도 싫증이 났는지 야생화가 보여도 다들 사진

몽트록역에 도착

찍을 생각을 하지 않았다. 몽트록역에 가까워지자 차가 다닐 수 있는 넓은 자갈길이 나왔다.

몽트록역에 도착한 시각은 오후 4시. 콜드발므 산장에서 몽트록역까지는 7킬로미터로 세 시간 반을 예상했었는데, 사진도 찍으면서 천천히 내려오느라 30분 정도가 더 걸린 것 같았다.

콜드발므 트레킹 코스는 샤모니에서 시작하고 몽블랑을 한 바퀴 돌아 다시 샤모니에서 끝을 맺는 TMB의 마지막 코스로 알려져 있다. 비록 TMB 마지막 코스를 다 걷지는 못했지만, 그래도 모레 TMB의 시작 코스를 걷고 나면 TMB 시작 코스와 마지막 코스를 걸어보는 셈이 된다.

나와 이번 여행에 함께 온 친구는 TMB 코스를 걸었던 것이 좋았

숙소 근처의 발로신역

는지, 나중에 TMB 코스 전체를 걸어보자고 제안하기도 했다. 글쎄 그
런 날이 올지… 그래, 앞날은 모르는 일이니까.

　　차를 타고 숙소가 있는 발로신 마을로 향했다. 샤모니는 복잡한
데다 마땅한 호텔도 없어서 샤모니 주변에 있는 발로신의 아파트를 숙
소로 잡았다고 했다. 그런데 구글에서 안내하는 대로 도착해서 짐까지
다 내렸으나 숙소를 찾을 수가 없었다.

　　내비게이션이 안내한 곳에 여러 동의 건물이 있긴 했어도 개인 집
이었고, 숙소로 할 만한 건물은 문이 닫혀 있었다. 아무래도 뭔가 잘못
된 것 같아 근처에 있는 카페 주인에게 물었더니 우리 숙소 위치는 입구
로 다시 나가 냇가를 따라 오른쪽으로 내려가야 한다고 알려주었다.

리더가 그 숙소를 찾으러 가고, 우리는 차에서 내려 기다리고 있었다. 30분 이상을 기다리자 리더가 다시 나타나서 숙소 체크인 절차를 다 마쳤으니 가자고 했다. 내렸던 짐들을 다시 차에 싣고, 우리는 걸어서 숙소로 향했다.

그런데 우리를 하염없이 기다리게 할 게 아니라 숙소를 찾았으니 걱정하지 말라는 전화 정도는 하는 게 낫지 않았을까 하는 불만이 여기저기서 터져 나왔다. 땡볕 아래, 그것도 남의 집 옆에 차를 세워두고 이상한 동양 사람들이 떼거지로 몰려 있으니 그곳 주민들에게도 민망하고, 걱정되어 마음을 졸이고 있었으니 어찌 아니 그러겠는가.

숙소 앞에 도착해서 방 배정을 시작한 시각이 5시 30분. 이곳에 도착한 다음 한 시간여를 길거리에서 헤맨 셈이었다. 1차, 2차 팀과는 다른 숙소를 정하는 바람에 이런 시행착오가 생겼다고는 하지만, 정식 여행사가 아닌 밴드 모임 여행이라 이 정도의 시행착오는 당연히 이해할 거라고 생각하는 걸까?

어떤 때는 여행사를 통한 여행이니 여행사 규정을 따라야 한다고 했다가, 어떤 때는 밴드 모임 여행이니 이런 정도의 실수는 용인되는 게 아니냐 하는 식이니 "귀에 걸면 귀걸이, 코에 걸면 코걸이"라는 말이 딱 어울렸다.

귀걸이건 코걸이건 상관없지만, 그런 판단의 기준이 소비자인 우리 여행객이 아니라 여행 주최자인 여행사(밴드 운영자)라는 점에 여행객, 특히 밴드 운영자와 친하지 않은 일반 여행객 입장에서는 좀 불편하다는 생각이 들었다.

에어비앤비(Airbnb)를 통해 예약한 아파트 숙소이다 보니 아파트 한 채에 방이 4개씩이라 아파트마다 7~8명이 배정되었다. 총 4채의 아파트를 예약했는데, 1조와 2조는 같은 지역의 지인들끼리 8명씩 온 팀이라 각각 아파트 한 채씩 배정되었고, 내가 속한 3조는 1~2명씩 각자 따로 온 사람들이라 7명이 배정되었다. 나머지 6명과 여행사 2명이 한 채를 사용하기로 했다.

내가 속한 조에 배당된 아파트에는 3개의 방에 2명씩, 한 개의 방에 한 명씩 배정되었다. 아파트는 복층 구조라 각각 방이 2개씩 있었다. 일 층에는 거실 겸 부엌이 있어서 원하면 음식을 만들어 먹을 수도 있었다.

샤모니에서 4박을 하게 되어 있었는데, 내일과 모레는 자유 일정이라 점심과 저녁 식사도 우리가 자체적으로 해결해야 했다. 점심 식사야 행동식으로 준비해야 했지만, 저녁 식사는 외식을 하든가 식재료를 사다가 숙소에서 준비해야 한다. 우리 조는 후자를 택했다. 다른 조들도 우리 조와 마찬가지로 자체적으로 해 먹기로 한 것으로 보였다.

아침 식사는 자유 일정과 상관없이 여행사에서 제공하기로 되어 있었는데, 알아서 해결할 경우 10유로씩 돌려준다고 했다. 10유로의 기준이 뭔지는 모르겠으나 아침 식사도 우리는 알아서 해결하기로 했다. 나야 어차피 한국에서 가져온 컵라면이 있었고, 다른 일행도 컵라면 등 다양한 아침거리를 갖고 와서 큰 어려움 없이 해결할 수 있었다.

각자 배정된 방에 짐을 갖다 두고 다시 나와서 저녁 식사를 하기 위해 차를 타고 샤모니로 향했다.

발로신이 조용한 시골 동네라면 샤모니는 나름 사람들로 북적이는 비교적 큰 동네였다. '여행자의 길'이라 불리는 번잡한 거리에는 차를 타고 갈 수도 없고, 주차도 할 수 없었다. 그래서 차가 우리를 내려놓고 주차하러 떠나면서 6시 50분까지 동상이 있는 곳으로 모이라고 했다.

샤모니에는 동상이 두 군데 있는데, 한 곳은 혼자 외롭게 앉아 있는 동상이고 다른 한 곳은 둘이 서 있는 동상이다. 그런데 둘이 있는 동상을 보면 한 사람은 몽블랑을 가리키고, 다른 한 사람은 가리키는 방향을 바라보는 형상이었다. 이 동상들에는 나름 재미있는 사연이 있다.

근대 등반의 아버지로 알려진 오라스 베네딕트 소쉬르(Horace Bénédict de Saussure, 1740~1799년)는 1760년, 현상금을 내걸고 당시에 유럽에서 가장 높은 것으로 알려졌던 몽블랑에 오를 사람을 찾았다.

드디어 1786년, 미셸 파카르(Michel Paccard)가 가이드인 자크 발마(Jacques Balmat)와 함께 몽블랑 정상에 올랐다. 다음 해인 1787년에는 현상금을 내걸었던 소쉬르가 자크 발마를 대동하고 몽블랑 정상에 올랐다.

문제는 미셸 파카르가 가이드인 자크 발마에 이끌려 겨우 정상에 올랐다고 누군가 악소문을 내면서 생겼다. 이로 인해 미셸 파카르를 첫

📷 몽블랑 최초 등반자로 알려진 미셸 파카르 동상

번째로 몽블랑 정상을 정복한 사람으로 인정할 수 없다는 논쟁이 시작되었다.

그렇지만 악소문을 낸 사람이 다름 아닌 자크 발마였다는 사실이 소쉬르의 일기에 의해 밝혀지면서 이 논쟁은 마무리되었다. 이런 이유로 최초로 몽블랑을 등반한 파카르가 있고, 소쉬르와 자크 발마가 따로 있는 것이다.

자크 발마는 왜 그런 악소문을 냈을까? 파카르가 보수를 충분히 챙겨주지 않아서 그랬을까? 아니면 돈 많은 소쉬르에게 몽블랑 첫 번째 등정의 영광을 안겨주면 뭔가 큰 보상이 있으리라 생각했을까?

📷 소쉬르(오른쪽)와
가이드인 자크 발마 동상

이 여행을 오기 전에 몽블랑과 알프스에 관한 책들을 읽으면서 파카르와 소쉬르의 얘기를 알게 되었기에 여기 있는 동상들을 보면서 그 의미를 더 깊이 음미할 수 있었다. 그냥 "두 개의 동상이 있네" 하는 것보다 이처럼 동상에 숨은 내막을 알고서 보니 더 느끼는 게 많아졌다.

동상을 구경하면서 사진도 찍고 몽블랑을 바라보기도 하면서 여행자 거리를 구경하다가 리너가 주차를 하고 와서 저녁 식사를 하러 갔다. 식당은 여행자 거리의 중앙에 있었고, 얇게 썬 오리, 닭, 소고기를 고체 연료로 달군 불판 위에서 구워 먹도록 되어 있었다.

식사를 할 때도 조별로 앉았는데, 우리는 단체라서 식당 맨 안쪽으로 안내되었다. 그런데 앉아서 식사가 나오기를 기다리던 중 옆 테이블에서 갑자기 큰 소리가 들렸다.

공간이 협소한데 억지로 테이블을 배치하다 보니 앉을 자리가 좁은 게 문제의 발단이었다. 일행 중 한 명의 다리가 길어서 그 좁은 자리에 앉을 수가 없다고 자리를 바꿔달라고 요청했는데, 바꿔줄 수 없으니 그냥 앉으라고 했다가 그런 사달이 난 것이다.

다행히 식당 주인이 그 팀을 옆 테이블로 옮겨 앉을 수 있게 해주면서 사태가 진정되긴 했지만, 이 정도로 심각하지 않아도 될 일을 왜 이렇게 만들었는지 의구심이 들었다. 아마도 모두 리더를 잘 아는 사람들이니 이런 어려움쯤은 당연히 이해해 줄 거라 믿어서 그런 게 아니었을까.

내일과 모레는 자유 일정이긴 했지만, 선택 여행으로 에귀유뒤미디 전망대와 TMB 트레킹(이탈리아 쿠르마유르에서 보나티 산장까지) 일정이 예정되어 있었다.

두 일정 모두 날씨가 맑으면 좋겠지만, 특히 에귀유뒤미디 전망대 일정은 날씨가 맑지 않으면 안 되었기에 내일 아침 날씨를 보고 어느 일정을 선택할 것인지 결정하기로 했다.

그 때문에 여행사 직원이 내일 전망대 매표를 시작하는 아침 7시 30분쯤 매표소에 가서 날씨를 확인하기로 했다. 만약 날씨가 좋다고 하면 숙소 바로 옆에 있는 발로신역에서 기차를 타고 샤모니역으로 이동한 다음 에귀유뒤미디 전망대에 가고, 날씨가 별로 좋지 않으면 차를 타고 TMB 트레킹을 하기로 했다.

아무튼 두 일정 모두 아침 일찍 출발해야 했으므로 우리는 각자 아침 식사를 마치고 7시 30분까지 숙소 앞에서 대기하기로 했다.

7일차

에귀유뒤미디 전망대, 파노라믹 몽블랑 케이블카

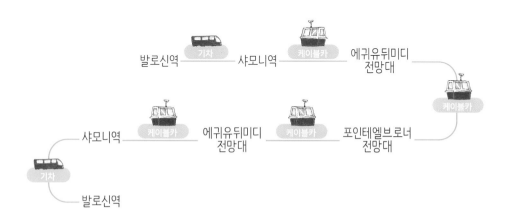

발로신역 — 기차 — 샤모니역 — 케이블카 — 에귀유뒤미디 전망대

샤모니역 — 케이블카 — 에귀유뒤미디 전망대 — 케이블카 — 포인테엘브로너 전망대

기차

발로신역

샤모니에서의 첫 밤을 잘 보내고, 아침 6시쯤 눈을 떴다. 일어나자마자 물을 끓여서 컵라면에 붓고, 어제 산 요플레와 복숭아를 곁들여서 아침 식사를 마쳤다.

여러 사람이 컵라면을 먹었지만, 끓인 물을 사용한 사람들이 바로 다시 물을 끓여놓는 등 서로 배려를 잘한 덕분에 모두가 늦지 않게 식사할 수 있었다.

식사를 하는 동안 창문으로 바깥 날씨를 살펴보았는데, 하늘에 약간 구름이 있으나 맑은 날씨를 희망할 수 있는 정도는 되었다. 이제까지의 여행도 흥미진진했지만, 오늘 날씨가 맑으면 가기로 한 에귀유뒤미디 전망대는 또 하나의 새로운 경험을 선사하지 않을까 하는 기대감에 마음이 설렜다.

7시 30분이 되어 모두 숙소 밖에 모였는데, 아침 일찍 에귀유뒤미디 전망대 입장권을 사러 갔던 여행사 직원이 "날씨가 맑으니 전망대에서 몽블랑을 구경하는 데에 문제가 없다"는 반가운 소식을 전해왔다. 모두 "와!" 하는 함성을 지르고 숙소 바로 옆에 있는 발로신 기차역으로 이동했다.

7시 50분 기차를 타기 전에 리더로부터 "오늘 에귀유뒤미디 전망대를 오르는 케이블카를 탄 다음에 바로 이탈리아의 포인테엘브로너 전망대로 가는 케이블카를 타라"는 안내가 있었다.

여행객들 대부분 에귀유뒤미디(Aiguille du midi) 전망대에서 몽블랑을 감상하고 곧 바로 내려오는데, 포인테엘브로너(Pointe Helbronner)로 가는 케이블카에서 바라보는 풍경이 환상적이라고 했다. 따라서 우리는 포인테엘브로너 전망대로 건너가서 빙하 위 걷기 등의 체험을 하고 점심 식사를 한 다음, 다시 에귀유뒤미디 전망대로 건너와서 구경하고 내려갈 것이라고 했다.

포인테엘브로너 전망대에서 건너오면 직원이 표를 하나씩 줄 것이니 잘 챙기라는 주의사항도 전달했다. 그 표는 나중에 에귀유뒤미디 전망대에서 샤모니로 내려가는 케이블카를 우선 탑승할 수 있는 표이기 때문이었다. 오후가 되면 에귀유뒤미디 전망대에서 내려가려는 사람들이 많아 빨리 내려가려면 그 표가 유용하다고 하였다.

에귀유뒤미디 전망대행 케이블카는 50인이 탑승 정원이라 표도 50명씩 인원수에 맞춰 발권했다. 우리는 9시 50분에 탑승할 예정으로

📷 에귀유뒤미디 전망대행 케이블카 입장권을 파는 매표소

표에는 30이라는 번호가 붙어 있었다. 케이블카를 타는 입구 위쪽에 다음 탑승할 케이블카의 번호가 표시되었다.

마침내 30번이라는 번호가 뜨자 우리는 케이블카 탑승장으로 들어갔다. 그야말로 발 디딜 틈 없이 사람들로 꽉 찬 케이블카는 서서히 위로 올라가기 시작했다.

케이블카를 중간에 한 번 갈아타게 되어 있었는데, 갈아타고 올라가면서 보니 중간 역에서 옆으로 난 길이 있었다. 그리고 그 길 끝에는 산장인지 모르겠지만 건물도 보이고, 건물 너머로 줄을 지어 이동하는 사람들도 보였다. 아마도 겨울 등반을 즐기려는 사람들이 아닐까 하는 생각이 들었다.

실제로 에귀유뒤미디 전망대에 거의 도착할 무렵에 밖을 보니 가파른 얼음 절벽을 얼음도끼를 찍으면서 올라가는 사람들이 보였다.

10시 20분, 드디어 에귀유뒤미디 전망대에 도착했다. 전망대 높이가 3,842미터이니 내 평생 가장 높은 고도에 오른 셈이었다.

▲ 산꼭대기 에귀유뒤미디 전망대로 향하는 케이블카
▼ 에귀유뒤미디 전망대 아래 암벽에 등반하는 사람들

📷 에귀유뒤미디 전망대에서 내려다본 아찔한 풍경

작년에는 융프라우 전망대(해발 3,454미터)에 오르면서 백두산보다 높은 곳에 올랐다고 감개무량했었다. 그런데 오늘은 그보다 더 높은 곳에 올랐는데도, 그때만큼 큰 감흥이 느껴지지 않으니 이상한 일이다.

에귀유뒤미디 전망대 케이블카에서 내리자마자 우리는 리더를 따라 재빨리 포인테엘브로너 전망대행 케이블카를 타러 이동했다.

여기 케이블카는 3개의 4인승 케이블카가 짝을 이루고 있었다. 그러니까 한 번에 최대 12명이 탈 수 있었지만, 무슨 이유에서인지 8명씩 태우고 있었다.

우리는 4명씩 조를 이루고 있어서 한 개의 케이블카를 비우고 2개의 케이블카에 4명씩 나누어 탔다. 3개씩 짝을 이룬 케이블카에 사람이

포인테엘브로너 전망대행 케이블카(파노라믹 몽블랑)

타는 동안 모든 케이블카가 거의 서 있다시피 했는데, 케이블카 사이의
간격도 상당히 넓었다.

이렇게 독특하게 운행하는 이유는 아마도 여기가 해발 3,000미터
이상으로 고도가 높을 뿐만 아니라 산 위라서 바람이 세게 불기 때문에
안전상 이유로 그러는 듯싶었다.

에귀유뒤미디에서 포인테엘브로너 전망대로 가는 케이블카에서
바라보는 풍경은 리더가 자신 있게 말했듯이, 이 세상에 있는 전망대

📷 파노라믹 몽블랑 케이블카에서 바라본 설산

풍경 중에서 가장 아름답고 이색적인 풍경이 아닐까 하는 생각이 들었다. 오죽했으면 여기 운행하는 케이블카를 '파노라믹 몽블랑(Panoramic Montblanc)'이라고 부르겠는가.

케이블카 아래 까마득하게 펼쳐진 빙하인지 눈인지 모를 하얀 벌판을 바라보고 있자니, 마치 내가 구름을 타고 다니는 신선이 되어 속세를 내려다보는 것 같은 착각이 들었다. 신이 있어서 높은 곳에서 우리를 내려다보면 이런 느낌이 들까.

하얀 눈 위로 개미처럼 작게 보이는 사람들이 줄지어 걸어가는 모습을 바라보니 더욱더 그랬다. 아까 빙벽을 오르는 사람들을 봤을 때는 감히 그들을 따라 해볼 엄두조차 나지 않았지만, 넓은 눈벌판 위를 걸어가는 사람들을 보노라니 나도 저렇게 할 수 있지 않을까 하는 엉뚱한 생각이 들었다.

앞쪽 케이블카에 탄 일행과 손짓하면서 서로 사진도 찍었으나 서리가 낀 뿌연 유리창 때문에 사진이 선명하게 보이지 않았다. 우리가 탄 케이블카는 다른 일행이 탄 케이블카에 거의 붙어서 가다시피 했는데, 우리 앞뒤의 다른 케이블카들은 거리가 너무 멀어서 잘 보이지도 않았다.

한참 달리던 케이블카가 어느 순간 멈추듯이 천천히 운행했다. 이때가 케이블카 탑승장에서 사람들이 케이블카를 타고 있는 순간이라고 했나.

아래를 내려다보니 하얀 눈밭뿐만 아니라 회색빛 눈밭도 보였다. 바람에 눈이 쓸렸는지 바위처럼 층층이 쌓인 부분도 있었는데, 정말 바위인지 아니면 눈 위에 먼지가 쌓여서 그렇게 보이는 것인지 분간이 되지 않았다.

빙하 위를 줄지어 걸어가는 사람들

🕐 빙하 표면에 생긴 크레바스(?)

　또 눈밭에 커다랗게 뚫린 구멍도 보이고, 길게 파인 크레바스(Cre-
vasse)처럼 생긴 것도 보였다. 위에서 내려다보니 마냥 평화롭게만 보이지
만, 실제 저 눈밭 위를 걸으면 바람도 세고 눈길이 미끄러워서 걷는 게
쉽지 않을 것 같았다.

　케이블카가 길어서인지 중간 봉우리에 기둥을 만들었는데, 그 봉
우리에 만든 좁은 홈을 통과할 때는 케이블카가 그곳에 충돌하지 않을
까 하는 걱정이 앞서기도 했다.

　10시 30분에 에귀유뒤미디 전망대를 출발한 케이블카는 11시에
포인테엘브로너 전망대에 도착했다. 에귀유뒤미디 전망대에서 포인테엘
브로너 전망대까지의 거리는 약 5킬로미터 정도라고 한다.

포인테엘브로너 전망대에 도착해 케이블카에서 내리자 마치 꿈속에서 헤매다 깨어난 것 같은 기분이 들었다. 신선이 사는 세계에 가서 멋진 풍광을 구경하다가 속세로 돌아온 느낌이라고나 할까. 하긴 조금 전까지 프랑스에 있다가 잠깐 사이에 이탈리아로 건너온 것이니 다른 세계에 온 것은 맞는 말이긴 하다.

이탈리아에 온 기념으로 전망대 여기저기를 배경으로 사진을 찍으면서 일행 모두가 도착하기를 기다렸다가 엘리베이터를 타고 지상으로 내려갔다. 엘리베이터에서 내리자 산장이 보였지만, 빙하 체험을 하기 위해 밖으로 나갔다.

빙하 위라서 상당히 추울 줄 알았는데, 생각만큼 그렇게 춥지는 않았다. 여기도 빙하라고 했으나 얼음이 아니라 푹신푹신한 눈이 많이 쌓인 형태라 걷기에 그리 불편하지도 않았다. 서울은 폭염이라는데, 눈 위에서 사진을 찍고 있자니 정말 딴 나라에 온 것 같았다.

프랑스 에귀유뒤미디 전망대에는 사람이 엄청나게 많았지만 여기 이탈리아 포인테엘브로너 전망대에는 사람이 그리 많지 않았고, 특히 이곳 빙하 위에는 우리 말고는 사람이 거의 없었다. 아까 케이블카에서 내려다볼 때 보았던 사람들처럼 빙하 위를 트레킹하는 사람들인지 몸을 서로 밧줄로 연결하고 떠나는 모습이 가끔 보였다.

포인테엘브로너 전망대 앞 빙하

한참 사진을 찍다가 무릎 때문에 이번 여행에 같이 오지 못하고 혼자 서울에서 무더위에 고생하고 있을 아내에게 빙하에서 찍은 사진을 보내주었다.

그러고 나서 생각해 보니, 내가 괜히 아내에게 약을 올리는 셈이 된 게 아닌가 하는 걱정이 들었다. 착한 아내는 아직 잠을 자고 있지 않은지 바로 "좋겠다. 많이 즐기고 와"라는 메시지를 보내왔다.

융프라우 전망대에 갔을 때도 빙하 위에서 사진을 찍긴 했지만, 그때는 안개도 많이 끼고 사람도 많아서 제대로 사진을 찍지 못했었다. 그런데 여기는 사람도 별로 없고 설산들도 시원하게 보여서 넓은 눈밭 위에서 정말로 사진을 많이 찍었다.

오늘 점심은 이곳 포인테엘브로너 전망대에 있는 산장 안 카페에서 먹기로 했다. 어제 콜드발므 산장에서의 경험도 있었고, 추운 빙하 위에서 사진을 찍느라 오랜 시간을 보냈기 때문에 산장 안에 있는 카페에서 커피나 다른 음료를 마시면서 따뜻하게 식사하기로 한 것이다.

각자 준비해 온 행동식과 산장 안 카페에서 주문한 음료를 곁들여 식사를 했다.

이곳에서의 식사도 자연스럽게 각 조별로 이루어졌는데 아늑한 실내에서, 그것도 평생 한 번 와보기 힘든 이탈리아 포인테엘브로너 전망대 산장에서 식사를 하고 있으니 행복감이 마구마구 밀려왔다.

이번 여행을 하면서 스위스와 프랑스의 여러 산장에 갈 때마다 특이하다고 느꼈던 점은 커피 등 음료수 값이 상상 이상으로 비싸지 않았다는 사실이다. 가장 쉽게 기준을 삼을 수 있는 커피 가격이 2유로도 채

📷 포인테엘브로너 전망대 카페

되지 않으니 말이다.

이 카페들은 알프스 고산 위에 있어서 분위기가 좋고, 커피와 맥주 맛도 만족스러운 데다 가격도 비싸지 않으니 '정말로 좋다'는 생각이 들었다.

다 그런 건 아니지만, 한국에서는 이처럼 좋은 위치에 있는 카페에서 커피를 마시려면 가격 때문에 스트레스 받을 것을 각오해야 하는 경우가 많은 것괴 비교가 되었다.

기분 좋게 점심 식사를 마친 다음, 산장 밖으로 나오니 이탈리아의 마을이 아득히 내려다보였다. 이 마을은 프랑스의 샤모니와 같은 역할을 하는 마을로 내일 걸을 TMB 트레킹 코스의 시작점인 쿠르마유르(Courmayeur)이다.

사실 포인테엘브로너와 에귀유뒤미디를 잇는 파노라믹 몽블랑 케이블카를 설치할 때 이탈리아에서는 적극 찬성했는데, 프랑스에서는 별로 탐탁지 않게 생각했다고 한다.

몽블랑이 프랑스 쪽에 치우쳐 있어, 결과적으로 파노라믹 몽블랑을 설치하고 나서야 이탈리아에서도 에귀유뒤미디 전망대로 이동하면서 몽블랑을 제대로 즐길 수 있게 되었으니 어찌 아니 그러겠는가.

그래서 그런지 에귀유뒤미디 전망대에 비해 포인테엘브로너 전망대는 그리 붐비지 않았다. 예를 들어 에귀유뒤미디 전망대의 투명 유리판에는 사진을 찍으려는 사람들이 길게 줄 서 있었는데, 엘브로너 전망대의 투명 유리판에는 사람이 거의 없었다.

하긴 에귀유뒤미디 전망대 투명 유리판에 서면 몽블랑이 배경이 되지만, 엘브로너 전망대의 투명 유리판에 서면 찍을 만한 배경이 거의 없으니 당연한 일이라 하겠다.

다시 에귀유뒤미디 전망대로 가는 파노라믹 몽블랑을 타기 위해 케이블카 탑승장 앞으로 갔다. 사진을 찍는지, 아니면 기념품을 사는지 한참을 기다려도 일행이 다 모이지 않아서 얼른 화장실에 다녀오기로 했다.

그런데 아뿔싸, 화장실에 다녀오니 우리 일행이 한 사람도 보이지 않았다. 다른

포인테엘브로너 전망대의
투명 유리판

때는 인원 점검도 꼼꼼하게 잘하더니 웬일로 이번에는 내가 빠진 것도 모르고 간 거지? 아니면 내가 영어도 좀 하니 남겨놓고 가도 잘 찾아올 거라고 생각한 건가?

다른 일행이 모두 케이블카를 타고 간 것을 아는데, 그냥 기다릴 수도 없고 해서 혼자서 케이블카를 타러 갔다.

에귀유뒤미디 전망대로 가는 파노라믹 몽블랑 케이블카는 올 때와 마찬가지로 3개의 케이블카에 8명씩 타도록 인원이 배정되었다. 나는 혼자이고 다른 탑승객들은 3명, 4명이어서 나는 혼자 케이블카에 탔다.

1시 50분에 나 혼자 탄 케이블카가 출발했다. 올 때는 케이블카에 일행들이랑 함께 타서 왁자지껄한 분위기라 잘 몰랐는데, 혼자서 고립된 공간에 있으니 묘한 기분이 들었다. 그것도 알프스라는 생소한 곳, 특히 3,000미터가 넘는 높이를 운행하는 케이블카 속에 혼자 남겨졌다고 생각하니 진짜 고독이 무엇인지 느껴지는 것 같았다.

아무도 없는 공간에 혼자 있다는 사실을 깨닫고 처음에는 당황스러웠지만, 막상 케이블카가 운행되고 나니 묘한 쾌감이 몰려왔다. 이 아름다운 알프스를 내가 독차지하고 있는 것 같은 느낌이라고나 할까.

아까는 내가 남겨진 줄도 모르고 간 사람들에게 섭섭한 감정을 느꼈지만, 이제는 오히려 고맙다는 생각이 들었다. 고요한 케이블카 안에서 하얀 눈빛도 내려다보고, 방해받지 않고 상상의 나래도 펼 수 있었으니 말이다.

30분간 오롯이 나에게만 주어진 소중한 고독의 시간, 그것도 알프스의 설산을 바라보면서 즐기는 시간을 언제 다시 가질 수 있을까 하는 생각이 들자 이 순간이 더욱더 소중하게 느껴졌다.

오후 2시 20분, 에귀유뒤미디 전망대에 도착했지만 일행들을 찾을 수가 없었다. '그냥 나 혼자서 구경하다가 내려가지, 뭐'라고 생각하면서 걸어가고 있는데, 일행에게서 전화가 왔다. 모두 투명 유리판 위에서 사진을 찍기 위해 줄 서 있으니까 그쪽으로 오라는 것이었다.

안내 표지판을 확인하고 위층으로 올라가니 이미 줄이 길었고, 우리 일행은 저 멀리 앞에 서 있었다. 어쩔 수 없이 다른 일행에게 손짓해서 내가 왔다는 것을 알리고 줄을 서서 기다렸다.

함께 서 있는 우리 일행이 차례가 되어 사진 찍는 것을 보았는데,

투명 유리판 위에 서면 다른 일행이 사진을 찍어주거나 카메라를 거기 서 있는 직원에게 주면 직원이 몇 장의 사진을 찍어주었다.

그런데 가까이 가서 보니, 유리판 밑은 물론 배경으로 보여야 할 몽블랑은 이미 구름에 싸여 전혀 보이지 않아서 사실 사진을 찍는 게 별 의미가 없을 정도였다.

그래도 어쩌겠는가. 줄 서 있던 시간이 아까워 20여 분을 더 기다렸다가 사진을 찍었다. 다행히 우리 일행 중 몇몇이 나를 위해 기다렸다가 사진을 찍어주었다.

그동안 알프스 지역 몇 곳을 여행하면서 느낀 점은 알프스 지역의 날씨가 아침에는 구름이 없이 맑았다가도 오후가 되면 구름이 많아지는 패턴을 보인다는 것이었다.

에귀유뒤미디 전망대의
투명 유리판 위에서

꼭 그렇지는 않지만 밤에는 비가 올 확률이 높은데, 밤에 비가 오고 나면 대체로 다음 날은 맑을 확률이 높은 것 같았다. 이런 날씨 패턴은 내가 얼마 전까지 생활했던 인도네시아 날씨와도 연관성이 있는 것 같다는 생각이 들었다.

인도네시아 등 열대 지방은 오전에는 맑았다가도 오후가 되면 '스콜'이라 불리는 소나기가 내릴 때가 많았다. 오전에 햇빛이 강해지면서 증발한 수증기가 점점 모여, 오후에 더 견디지 못하고 소나기로 내리기 때문이었다.

알프스도 햇빛이 강해지면서 낮은 지대에서 증발한 수증기가 위로 올라가 높은 산봉우리 근처의 차가운 공기를 만나면서 구름이 되기 때문에 오후에 구름이 많이 끼는 건 아닐까.

파노라믹 몽블랑 케이블카를 타고 올 때만 해도 약간 구름이 끼는 정도였는데, 시간이 지날수록 구름이 짙어져서 주위 풍경이 전혀 보이지 않았다. 이런 상태에서는 전망대에 계속 남아 있는 게 별 의미가 없다고 판단되어, 사진을 찍자마자 하산하는 케이블카를 타러 갔다.

산에서 내려가는 케이블카에도 사람들의 줄이 길었지만, 아까 파노라믹 몽블랑에서 내리면서 받은 표를 내밀자 별도 줄을 통해 바로 하산 케이블카로 안내되었다.

왜 파노라믹 몽블랑에서 내린 사람들에게 하산 케이블카 우선 탑승 혜택이 주어지는지는 잘 모르겠다. 비싼 돈을 주고 파노라믹 몽블랑 케이블카를 이용했기 때문일까? 아니면 이탈리아 전망대까지 힘들게 다녀왔으니 내려갈 때라도 힘을 들이지 말라는 배려 때문일까?

아무튼 평등을 중요시하는 유럽 국가에서 어쩌면 차별로 간주할 수도 있는 이런 조치들이 행해진다는 것이 좀 이해가 가진 않았다. 만약 한국에서 이런 조치가 행해진다면 에귀유뒤미디 전망대만 구경하고 내려가면서 길게 줄을 선 사람들이 가만히 있을까?

하긴 비행기 탑승 시에도 비즈니스석 이상을 타는 사람들, 어린이를 동반한 승객, 항공사의 특별 회원 등은 특별대우를 받으면서 미리 탑승하는 것과 유사한 조치라고 생각하면 큰 문제가 될 것 같지는 않다.

아무튼 나를 위해 기다려줬던 일행(대부분 같은 아파트에 배정된 3조)과 함께 케이블카를 타고 샤모니로 내려왔다.

마침 오늘과 내일 저녁 식사는 우리가 자체적으로 해결해야 했기에 샤모니에서 장을 보기로 했다. 지난번 여행자 거리를 다니다가 봤던 마트로 가서 삼겹살과 채소, 맥주 등 먹을거리를 샀다.

우리 조에 속한 일행 중에는 샤모니에서 외식을 원하는 사람들도 있었으나 따로 배차를 해야 하는 불편함도 있고, 샤모니에 맛집도 별로 없는 것 같아서 일단 오늘은 함께 숙소에서 식사하기로 했다.

일부 소고기를 먹자는 의견도 있었지만, 그동안 식당에서 먹어본 소고기가 별로 맛이 없었다는 다수의 의견에 따라 삼겹살을 먹자는 쪽으로 의견이 모아졌다.

숙소에서 조원들끼리 모여 삼겹살을 굽고, 한국에서 가져온 소주에 맥주를 곁들여서 먹으니 어디에서 먹었던 저녁 식사보다 더 맛이 있었다. 하루 종일 좋은 구경을 하면서 걷다가 좋은 사람들과 식사하니 어디 아니 그러겠는가.

8일차 ▸

TMB 트레킹(이탈리아 쿠르마유르>>보나티 산장)

발로신 마을 —— TMB 트레킹
1코스 시작점
(쿠르마유르)　　　보나티 산장

샤모니 —— TMB 트레킹
1코스 끝 지점

오늘은 이탈리아로 가서 쿠르마유르 마을에서 시작되는 TMB 트레킹을 할 예정이라 아침 일찍 출발한다고 했다. 어제 늦게까지 술과 함께 식사를 하면서 얘기하느라 늦게 잠이 들었지만, 아침 5시 30분이 되자 눈이 떠졌다. 바로 씻고 아침 식사를 한 다음 7시 이전에 숙소 밖 주차장으로 갔다.

모두 모이자 우리를 태운 차는 7시에 출발해 샤모니를 지나서 몽블랑 터널에 8시에 진입했다.

몽블랑 터널은 프랑스와 이탈리아 사이에 있는 11.6킬로미터의 터널로, 최고 시속을 70킬로미터로 제한하는 바람에 통과하는 데 10분이 넘게 걸렸다. 터널이 프랑스와 이탈리아 국경이기도 하고, 터널 건설에 막대한 비용이 들어서 그런지 차 한 대당 64.2유로의 통행료를 받았다.

이 터널은 항상 통과가 가능한 게 아니라, 어떤 경우에는 저녁에

프랑스 - 이탈리아를 잇는 몽블랑 터널 입구

터널 내 속도 제한 표지판

폐쇄되기도 한다고 했다. 우리가 이탈리아에서 TMB 트레킹을 마치고 프랑스로 돌아올 때 터널이 폐쇄된다면 큰일이라 요금소에 폐쇄 시간을 확인했다. 다행히 오늘은 24시간 폐쇄하지 않고 운영한다고 했다.

아침에 일찍 출발한 이유도 트레킹을 끝내고 나서 터널 폐쇄 이전에 프랑스로 돌아오기 위해서였다. 오늘 트레킹이 이번 여행 중 가장 길어서 여덟 시간 이상 걸릴 것으로 예상되어 혹시나 하는 염려로 일찍 출발하고 터널 폐쇄 시간도 재확인한 것이었다.

아무튼 오늘은 터널을 폐쇄하지 않는다고 하니 다행이었다. 터널 폐쇄 시간에 쫓겨서 허둥댈 필요가 없게 되었으니 말이다.

문제는 오늘 트레킹이 원점 복귀가 아니라 시작점에서 끝 지점까지 일(一) 자 형태로 된 길을 가게 되어 있다는 점이었다. 차가 한 대면 그나마 운전기사 한 사람이 우리를 내려주고 반대편 끝 지점으로 가서 기다리면 되겠지만, 차가 세 대나 되니 별도의 대책이 필요했다.

다행히 끝 지점에서 시작점 사이를 운행하는 버스가 있다고 하여, 여행사 직원이 우리가 트레킹을 하는 동안 차를 차례대로 옮긴다고 했다. 그러니까 차 한 대를 끝 지점까지 몰고 가서 주차한 다음, 버스를 타고 시작점으로 다시 와서 다음 차를 몰고 가는 식으로 세 대를 모두 옮긴다는 것이었다.

이런 불편한 점이 있어서 이번 트레킹 비용으로 일 인당 100유로씩 별도로 내라고 한 것일까? 하긴 운전기사가 딸린 버스를 빌렸다면 이런 고민을 할 필요가 없었을 테지만, 그 운전기사에게도 팁을 줘야 한다고 하면 마찬가지이긴 하겠다.

TMB 1코스 표지석

이런저런 생각을 하는 사이에 차가 트레킹 시작 지점에 도착했다. 차에서 내려 이번 트레킹에 대한 안내를 다시 한번 받았다.

이 트레킹 코스는 TMB 코스 중에서도 가장 아름다운 코스이며, 처음 두 시간 동안 오르막길을 오르고 나면 비교적 평탄한 길이 이어져서 걷는 데 별로 어려움이 없을 것이라고 했다. 안내가 끝나고 다 같이 모여 출발 기념사진을 찍었다.

이곳이 TMB 트레킹 1코스 시작 지점이라 그런 건지, 아니면 리더의 말대로 TMB 코스 중에서도 가장 아름다운 코스이면서 비교적 쉬운 코스라 그런 건지 많은 트레커가 우리 곁을 지나갔다. 몇몇 트레커는 우리가 단체 사진 찍는 게 신기했는지 우리를 찍다가, 우리가 같이 사진을 찍자고 요청하자 합류하여 단체 사진을 찍기도 했다.

사진을 찍고 나서 등산 스틱을 챙기는 등 준비를 마친 우리는 본격적으로 트레킹을 시작했다. 20명이 넘는 인원이 좁은 길을 메우면서 이동하다 보니 본의 아니게 다른 트레커들을 방해할 때도 있었다.

뒤에서 빨리 걸으면서 추월하기를 바라는 트레커들을 위해 우리는 앞서가는 일행들에게 옆으로 잠깐 비켜달라고 요청하면서 고개를 오르기 시작했다.

처음부터 리더에게 두 시간 동안 가파른 길이 이어질 거라는 안내를 받은 터라 서두르지 않고 천천히 걸어서 올랐다. 앞에 보이는 고개는 까마득히 높게 보였지만, 길이 지그재그로 되어 있어서 생각만큼 오르기가 힘들지는 않았다.

중간중간 잠깐씩 쉬기도 하면서 걷다 보니 어느새 고개 위 산장에 도착했다. 우리가 출발한 시각이 8시 30분이고 산장에 도착한 시각이 10시 30분이니 원래 예측한 대로 정확히 두 시간 만에 오르막길을 주파한 셈이었다.

원래 산장 앞에는 산에서 흘러내리는 물이 있어서 물을 보충할 수 있었다는데, 그동안 가뭄이 심했는지 오늘은 물이 흐르지 않았다. 고개를 올라오느라 힘들기는 했지만, 산장에서 길게 쉬면 오늘 일정이 늦어질 수 있다는 말에 모두 잠깐만 휴식을 취한 다음 다시 길을 나섰다.

산장을 지나서도 약간의 오르막길이 이어졌으나 그렇게 가파르지 않아 걷는 데 별 무리는 없었다. 산장 뒤에 올라서자 멀리서 몽블랑이 우아한 자태를 드러내길래 잠깐 쉬면서 사진을 찍었다.

📷 몽블랑을 배경으로 찍다

이곳에서 보는 몽블랑은 샤모니에서 보는 모습과는 또 달랐다. 샤모니에서는 여러 높은 봉우리들에 가려서 어느 게 몽블랑인지 잘 모르겠다는 생각이 들었다면, 지금은 그야말로 알프스 최고봉이구나 하는 생각을 할 정도로 독보적인 모습이었다.

여기서도 몽블랑 봉우리가 구름에 약간 가려져 선명한 모습을 볼 수는 없었지만, 또 다른 자태의 몽블랑을 본다는 것만으로도 가슴이 벅차올랐다.

고개를 지나 이어진 길은 흙길인 데다 비교적 평탄해서 걷기에 아주 좋았다. 게다가 날씨도 맑고 주위에는 야생화가 지천으로 피어 있어서 지루할 틈이 없었다. 그야말로 휘파람 불며 걷다 보면 몇 시간을 걸어도 피곤함이 느껴지지 않을 그런 길이었다.

알프스의 야생화는 그동안 너무 많이 봐 와서 이제 질릴 만도 한데 보고 또 봐도 질리지 않았다. 리더의 말대로 TMB 트레킹 코스 중, 아니 이 세상 모든 트레킹 코스 중에서 가장 아름다운 길이라 해도 손색이 없을 거라는데 한 표를 주고 싶었다. 이 길만 걸어도 이번 트레킹 여행은 충분히 가치가 있을 거라는 생각이 들 정도였다.

길은 이제 몽블랑을 뒤에 두고 그와 이어

진 알프스의 여러 설산이 옆으로 쭉 이어지는 형국이었다. 왼쪽으로 보이는 설산들과 우리가 걷고 있는 길 사이에는 깊은 골짜기가 있어서 마치 건널 수 없는 피안의 세계를 보는 듯했다.

건널 수 없는 건너편 길과 달리 우리가 걷고 있는 현실의 길에 헤아릴 수도 없을 만큼 많은 야생화가 우리를 반겨주고 있으니, 현실과 환상의 세계 사이에서 걷고 있는 느낌이라고 해야 할까.

 그림 같은 트레킹 길

몽블랑 설산과 함께하는 트레킹

가도 가도 끝날 것 같지 않은 길이 이어져 지루함을 느낄 만도 한데, 전혀 지루함을 느끼지 못하고 있으니 이 또한 무슨 조화인지. 지금까지 여러 트레킹 코스를 거쳐 왔고, 오늘 또 이처럼 긴 코스를 걷고 있기에 피로가 쌓일 만도 한데 오히려 피곤이 풀리는 듯한 느낌이 드는 것은 대체 어찌 된 일인가.

사실 다리가 아파서 이 코스를 걸을까 말까 고민했던 일부 사람들도 전혀 힘든 기색 없이 걷고 있는 것을 보니 나만 그런 기분을 느끼고 있는 게 아니라는 생각이 들었다.

"금강산도 식후경" 아니, "알프스도 식후경"이라고 아무리 경치가 아름답고 걷는 게 좋다고 해도 배고픔은 해결해야 했다. 넓은 야생화 들판 옆 양지바른 곳에서 11시 50분부터 점심 식사를 시작했다.

각자 준비한 행동식과 과일, 음료로 간단히 식사를 마치고 사진 찍기를 이어갔다. 가만히 주변 경치를 보다 보면 저절로 사진을 찍지 않을 수 없는 기분이 들었기 때문이다.

고도가 낮아서 그런지 멀리 아련하게 보이는 몽블랑을 제외한 산들은 일부 꼭대기에만 눈이 쌓여 있을 뿐, 대부분 바위로 이루어진 민낯 그대로의 모습을 보여주었다. 어디를 찍어도 아름다운 작품이 되는 풍경이 바로 이런 거구나 싶었다.

멀리 보이는 산을 찍든 근처에 보이는 야생화를 확대해서 찍든 모두 작품이 되었다. 남는 게 사진뿐이라는 말도 있지만, 너무 사진을 많이 찍어서 나중에 정리가 힘들 수도 있지 않을까 하는 괜한 걱정이 들기도 했다.

"알프스도 식후경"

📷 겨울을 바라보며 걷는 봄길

　12시 20분에 다시 트레킹이 이어졌다. 식사를 하면서 물을 마셨고, "중간에 가다 보면 물이 충분히 있을 것"이라는 리더의 말에 조그만 물병에 물을 가져와서 마시다 보니 물이 바닥이 났다. 그때 오른쪽에 보이는 비탈진 경사면을 따라 물이 흐르는 게 보였다.

　알프스에서는 냇물도, 수돗물도 모두 빙하 물이라 마셔도 아무 문제가 없다는 말이 생각나서 그 물을 병에 받아서 마셨다. 그야말로 냇물도, 수돗물도 모두 '에비앙'이라는 말이 맞는 것 같았다.

　물이 목을 타고 내려가면서 느껴지는 청량감이 마음까지 시원하게 만들었다. 아름다운 경치와 걷기 좋은 길, 시원한 공기, 맑은 물 등 무엇 하나 부족함이 없는 트레킹 길이었다.

▶ '에비앙'을 담은 시냇물
▼ '에비앙'이 흘러가다

▲ 보나티 산장
▼ "이 길 정말 좋지?"

오후 2시 30분, 이번 트레킹의 일차 목표 지점인 보나티(Bonatti) 산장에 도착했다. 산장에서 최종 목적지까지는 한 시간 정도만 더 걸으면 되었기 때문에 서둘 필요 없이 이곳 산장에서 쉬어가기로 했다.

아름다운 야생화와 산장, 그리고 주변 풍경을 배경으로 다들 사진 찍기에 바빴다. 나도 사진을 찍다가 몇몇 일행과 어울려 산장 안 카페에서 맥주를 주문해서 마셨다. 알프스의 물이 좋아서 그런 건지, 아니면 긴 트레킹을 하느라 목이 말라서 그런 건지 맥주 맛이 아주 좋았다.

여기도 알프스 다른 산장들과 마찬가지로 음료수 가격이 그리 비싸지 않았다. 산장까지 차가 들어올 수 있는 길이 없으니 음료수를 비롯한 판매 물품을 어떻게 가져오는지 모르겠지만, 이 정도 가격을 받아도 될까 하고 내가 괜히 걱정되었다.

좋은 위치를 독점하고 있다는 이유만으로도 서슴없이 바가지를 씌우는 한국과는 다른 정서에 다시 한번 감동(?)의 물결이 밀려왔다. 그래서 맥주 맛이 이렇게 좋은 건가?

거의 한 시간 가까이 산장에서 휴식을 취한 다음, 최종 목적지를 향해 다시 출발했다. 산장에서부터 길은 약간 오르막으로 이어졌으나 그다음부터 전반적으로 길은 평탄했다. 게다가 다른 알프스 트레킹 길과는 달리 자갈이 아닌 흙길이라 걷기에 부담이 없었다

실의 왼쪽 건너편으로는 여전히 높은 설산들이 우리를 호위하고 있었고, 오른쪽 산비탈에는 온갖 색깔과 모양의 야생화가 우리와 동행했다. 가끔 보이는 작은 개울들이 들려주는 물소리도 정겨웠고, 살랑살랑 부는 바람이 따스한 햇살 밑에서 걷느라 흐르는 땀을 식혀주었다.

설산과 야생화를 품은 트레킹

📷 아, 알프스!

트레킹을 시작한 지 벌써 여덟 시간이 다 되어가고 있었지만, 최종 목적지가 가까워지면서 내리막이 시작되었을 때 '아, 벌써 끝났어'라는 아쉬운 마음이 들었다. 그 마음을 달래느라 우리는 하산 지점에 있는 냇가에서 족욕을 했다. 그런 후, 여행사 직원이 옮겨놓은 세 대의 차를 타고 샤모니로 돌아왔다.

락블랑 트레킹/안시 마을

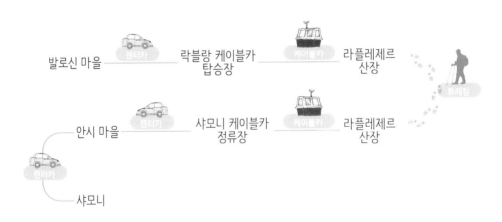

발로신 마을 ——랜터카—— 락블랑 케이블카 ——케이블카—— 라플레제르
                    탑승장   산장   트레킹

안시 마을 ——랜터카—— 샤모니 케이블카 ——케이블카—— 라플레제르
                    정류장   산장

랜터카

샤모니

이번 여행에서 실질적으로 마지막 날인 오늘의 일정은 오전에 락블랑(Lac Blanc) 트레킹, 또는 샤모니 시내 구경 중에서 선택하고 오후에 다시 모여 안시 마을을 가는 것으로 구성되었다.

락블랑 트레킹은 두 시간 동안 오르막을 힘겹게 올라가야 해서 체력에 자신 있는 사람들만 지원하라고 했다.

우리보다 먼저 왔던 1차 팀에서는 락블랑 트레킹을 지원한 사람이 한 명도 없었고 2차 팀에서는 한 명이 있었다고 하는데, 우리 3차 팀에서는 전체 23명 중 무려 아홉 명이나 지원했다. 나도 지원할까 말까 망설였는데, 친구가 강력하게 지원하자고 해서 지원했다.

락블랑 트레킹을 하지 않는 사람들은 10시에 숙소에서 샤모니로 가서 쇼핑도 하고 시내 구경도 하다가 락블랑 트레킹 팀과 합류한 뒤 점심을 먹고 안시 마을로 이동하기로 했다.

락블랑 트레킹을 하는 팀은 7시에 숙소를 출발해서 락블랑 케이블카 탑승장으로 이동했다. 우리를 케이블카 탑승장에 내려준 리더는 자신은 함께 가지 않을 것이니 한 시까지 탑승장으로 오라고 얘기했다.

8시 40분에 케이블가에 탑승한 우리 아홉 명의 '전사'는 8시 50분 라플레제르(La Flégère) 산장에 도착해서 트레킹을 시작했다.

🕐 락블랑 트레킹 시작

트레킹을 시작하자마자 자갈길이 이어져서 순간 락블랑 트레킹 길이 오르막에 가파르다고 하여 '바위(락)가 많은 (몽)블랑'이라는 뜻인가 생각했는데, 락(Lac)은 프랑스어로 '호수'를 뜻한다고 했다. 그럼 몽블랑을 바라볼 수 있는 호수라는 뜻인가?

아무튼 락이 바위라는 뜻은 아니라고 했지만, 락블랑 길은 바위가 많고 바닥은 자갈로 이루어진 너덜길이라 걷기가 쉽지 않았다. 그리고 오르막인 데다 두 시간이나 걸어야 해서 사람이 많지 않을 것으로 생각했으나 의외로 걷는 사람이 많았다.

샤모니에서 케이블카로 쉽게 접근할 수 있어서 그런 건지 모르겠지만, 아이들은 물론 70세가 훨씬 넘은 것으로 보이는 사람들도 많이 걷고 있었다.

처음에 같이 출발한 우리 아홉 명은 조금 걷다가 점차 걷는 속도에 차이가 나면서 두 개의 그룹으로 나누어졌다. 나는 사진을 많이 찍기도 했지만, 걸음이 그리 빠른 편이 아니라 점차 뒤로 처졌다.

한 시까지 케이블카 탑승장으로 가야 해서 너무 뒤처지면 안 될 것 같은데, 몽블랑이 뒤에서 잡아당기기라도 하는지 자꾸 걸음이 늦춰졌다. 꾸불꾸불 돌아가는 자갈길을 걸으면서 앞을 보니 아직 산 정상까지는 절반도 채 못 온 것 같았다.

'안 되면 중간에 다시 내려가지, 뭐' 이렇게 생각하면서 걷고 있는데, 앞에 호수가 '짠' 하고 나타나면서 그 옆으로 락블랑 산장이 보였다.

아까 락블랑 트레킹에 대해 설명을 들었을 때는 '산 정상에 오르면 산장이 보이고, 그 밑으로 조금 내려가면 호수가 보인다'라고 내 멋대로 상상했었다.

그런데 산 정상이 아닌 산 중턱에 산장이 있고, 바로 그 옆에 호수가 있는 게 아닌가. '아니, 산장까지 두 시간이 걸린다고 하더니 천천히 올라왔는데도 한 시간 반이 채 걸리지 않았잖아'라는 생각에 약간 억울하다는 마음도 들었다.

호수는 두 개로 이루어져 있었는데 입구에서는 한 개밖에 보이지 않았다. 첫 번째 호수에서는 먼저 도착한 우리 일행이 열심히 사진을 찍고 있었다.

해발 2,352미터에 있는 멋진 호수. 호수를 건너가 호수 위에 비친 몽블랑 모습을 카메라에 담으니 작품 사진이 되었다.

락블랑 산장

옆쪽에 눈이 쌓여 있어서 그쪽으로 가기 위해 호수를 돌아가니 "와!" 하는 탄성이 나올 정도로 멋진 또 하나의 호수가 나왔다. 그 호수에는 아직 녹지 않은 얼음이 절반 이상을 덮고 있었는데, 환상적이라는

표현밖에 할 수 없을 정도로 내 눈을 사로잡았다.

　　앞서 왔던 일행은 이미 눈 위를 지나 산장 쪽으로 내려갔고, 나와
몇몇 사람은 얼음이 덮인 호수와 그 뒤에 있는 산을 배경으로 한참 사진
을 찍었다.

몽블랑 설산을 비추는 첫 번째(아래쪽) 호수

아직 얼음이 녹지 않은 위쪽 호수

📷 락블랑에서 바라본 몽블랑

아직 점심 식사 시간도 아니고, 케이블카 탑승장에서 만나기로 한 시간이 정해져 있었기에 산장에 들르지 않고 바로 하산을 시작했다.

먼저 도착한 일행은 아직도 산장 입구에 있는 눈 위에서 사진을 찍고 있었다. 하긴 나는 올라오면서 사진을 많이 찍었지만, 앞에 갔던 일행은 사진을 찍지 않고 빨리 걸었으니 당연하다는 생각이 들었다.

나 역시도 내려가면서 보는 몽블랑 모습과 풍경이 멋있어서 다시 계속 사진을 찍었다. 올라올 때는 뒤에 있던 몽블랑이, 내려갈 때는 앞에서 봉우리에 걸린 구름의 움직임에 따라 다양한 모습을 보여주었다. 이래서 많은 사람이 가파른 락블랑 트레킹 길 오르기를 마다하지 않는구나 싶었다.

📷 내려가면서 본 몽블랑 설산

시간이 이르기는 했지만, 아침 일찍 출발했고 가파른 산길을 오르느라 기운을 많이 썼기 때문에 잠시 쉬면서 간식을 먹기로 했다. 마침 트레킹 길옆에 널따란 평지가 보여서 그곳에 자리를 잡았다.

과일과 초콜릿 등으로 간단히 허기를 채우다가도, 구름이 걷히면서 몽블랑 봉우리 모습이 보일 때면 환성을 지르며 사진을 찍느라 바빴다.

올라갈 때 원래 예상했던 시간보다 적게 걸렸으니 리더에게 전화해서 케이블카 탑승장에서 보기로 약속한 시간을 1시에서 12시 30분으로 앞당겼다. 천천히 여유 있게 내려왔는데도 라플레제르 산장에 있는 하산 케이블카역에 11시 50분에 도착했다.

화장실에도 다녀오고 좀 쉬다가 12시 20분에 케이블카를 타고 락블랑 케이블카 탑승장에 도착한 시각이 12시 30분. 이미 대기하고 있던 차를 타고 샤모니에서 구경하던 일행과 합류해 간단히 점심을 먹었다.

다음 일정은 안시(Annecy) 마을. 안시 마을은 고속도로를 타고 가는 데 한 시간 정도 걸린다. 제네바 근처에 있어서 내일 제네바공항으로 가는 길에 들러도 되지만, 리더 등 일부 인원이 내일 아침 10시 30분에 출발하는 아이슬란드행 비행기를 타야 해서 오늘 가는 것이었다.

우리 비행기는 오후 4시 10분 출발이라 시간이 충분했지만, 리더 등의 비행기 시간에 맞춰 어쩔 수 없이 내일 아침 일찍 출발해야 했다.

원래 리더가 오후 2시에 출발하는 에어프랑스 비행기를 예약했는데, 에어프랑스 측에서 일방적으로 10시 30분으로 출발 시간을 변경했다고 한다. 그래도 이해가 안 되기는 마찬가지였다. 모든 일정을 고객인 우리 일정에 맞춰야지 어떻게 리더 일정에 맞춘다는 말인가.

여행사 직원이 남아 있다고는 하지만, 만약 리더가 먼저 아이슬란드로 출발하지 않는다면 오전에 다른 일정을 소화할 수도 있고, 아니면 비행기 시간에 맞춰 숙소에서 느긋하게 쉬다가 늦게 제네바로 출발할 수 있었을 것이다. 하지만 리더 일정에 따라 우리 일행이 모두 새벽에 일어나서 차를 타고 제네바공항으로 이동한 후 장장 여덟 시간이 넘게 공항에서 기다려야 한다.

만약 리더가 이 상황을 명확하게 설명하고 양해를 구했더라면 더 낫지 않았을까 하는 아쉬움이 남았다. 상식적으로 생각했을 때 리더가 우리보다 이른 비행기를 예약했다는 자체가 이해가 안 되는 측면이 있었다. 우리를 보내놓고 나서 리더가 출발해야지, 어떻게 고객인 우리가 출발하기 전에 리더가 먼저 떠날 수 있다는 생각을 할 수 있는지.

더욱더 이해할 수 없는 점은 그 말을 들은 일행 중에서 대놓고 여덟 시간 동안 어떻게 할 계획이냐고 묻는 사람이 없었다는 것이다. 그 이유는 아마도 우리 일행 대부분이 리더와 개인적으로 잘 아는 사이거나, 그들이 소개해서 왔기 때문에 리더의 입장이 곤란한 질문을 하지 않으려고 해서 그런 게 아닌가 싶었다.

큰 여행사가 판매한 패키지여행이었다면 이런 상황이 발생할 수 없을 텐데, 밴드 모임 여행에서는 이런 일도 그냥 그런가 보다 하고 이해를 해야 하는 건가?

내일 아침 제네바공항에서 여덟 시간을 기다려야 한다는 말을 듣고, 우리 일행 중 한 사람이 "제네바공항에서 가까운 곳에 몽트뢰(Montreux)라는 유명 관광지가 있으니 기다리는 동안 거기를 다녀오면 되겠네"라고 말했다.

그 말을 듣고 그랬는지, 리더가 갑자기 나에게 "제네바공항에서 몽트뢰로 가는 데 걸리는 시간과 기차 시간표, 운임이 얼마나 되는지 알아봐 달라"는 부탁을 했다.

나는 '그 정도는 리더와 여행사 직원도 인터넷으로 얼마든지 조사할 수 있을 텐데 왜 나한테 부탁을 하는 거지?'라고 의아한 생각이 들었다. 그러면서도 조사를 해서 알려주었다. 10분마다 기차가 있고, 몽트뢰까지는 한 시간 정도 걸리며, 왕복 요금이 42유로쯤 한다는 것이었다.

비행기 탑승 두 시간 전까지 공항에 돌아와야 한다고 치면, 왕복 두 시간을 빼더라도 몽트뢰에 가서 두 시간은 구경할 수 있다는 계산이 나왔다. 하지만 내 얘기를 듣고 리더는 "아, 그런가요?"라는 말만 하고는, 그에 대해 더는 가타부타 얘기하지 않았다.

오후 3시쯤 안시 마을에 도착했다. 안시 마을은 프랑스에 속하지만, 스위스의 알프스 분위기를 느낄 수 있는 작은 마을로 프랑스 사람들이 은퇴 후 가장 살고 싶어 하는 곳이라고 했다.

자유롭게 안시 마을을 둘러본 다음 6시까지 주차장으로 돌아오라는 안내가 있었다. 호수 풍경도 멋있고, 작은 개울(?)을 따라 형성된 상점가와 클래식한 건물들이 근사해 보였다. 하지만 날이 너무 더워서 걷기가 힘이 들었다.

마을을 둘러보다 보니 자연스럽게 몇 개의 소그룹으로 나뉘어 구경하게 되었다. 나는 3조에 속한 몇몇 사람들과 개울가 상점들을 구경하다가, 리더가 안시 마을의 자랑거리 중 하나라고 얘기했던 젤라토 아이스크림을 파는 가게를 찾았다.

강가를 중심으로 형성된 상가들

그렇지만 말로만 들었던 젤라토 아이스크림이 어떻게 생겼는지 감이 잘 안 와서 그냥 아이스크림을 파는 가게에서 아이스크림을 사 먹었다.

더운 날씨에, 각자의 취향과 걷는 속도가 달라서인지 다시 더 작은 그룹으로 나뉘어 다니게 되었다. 나는 같이 간 친구와 다른 또래 일행까지 셋이서 따로 떨어져 다니다가 우연히 보이는 성당에 들어가 구경을 했다. 성당을 나와서는 상점가를 걷다가 더 걷기기 힘들어서 목마름도 해결할 겸 생맥주 파는 곳을 찾아 시원한 생맥주를 주문했다.

테이블에 앉아 이런저런 얘기를 나누며 생맥주를 마시는데, 우리 일행이 지나가다가 반갑게 아는 체를 했다. 돌아다닐 수 있는 공간이 그리 넓지 않으니 마주치는 것이리라. 열흘 전만 해도 전혀 몰랐던 사람들끼리 아는 체하며 반갑게 인사를 하고 있으니 예측할 수 없는 게 세상 사라는 생각이 들었다.

알프스 트레킹을 할 때는 맑은 날씨가 반가웠으나 이곳 안시 마을에서는 날씨가 맑아도 기온이 높으니 괜히 짜증이 났다. '여기에서는 오히려 흐리든가 차라리 약한 비가 내리면 좋겠군' 하는 생각까지 들었다. 날씨마저도 자신의 처지에 따라 변하길 바라는 걸 보면 인간이란 동물이 참 이기적이란 생각이 들었다.

프랑스인들이 은퇴하면 가장 살아보고 싶은 곳이 안시 마을이라고 했다는데, 여름에는 너무 더워서 노인들의 건강에는 좋지 않을 것 같다는 괜한 걱정을 해봤다.

다른 일행도 더위에 지쳤는지 약속한 6시가 되기 전에 주차장으로 모여들기 시작했다. 나도 주차장 쪽으로 가다가 호수 옆에 숲이 보여서 잠깐 들렀다.

숲속에는 많은 사람이 휴식을 취하고 있었다. 시내보다는 시원하다는 느낌이 들기에 아예 일찍 와서 여기 숲속에 있을걸 하는 후회 아닌 후회가 들었다.

5시 50분에 안시 마을을 출발한 우리는 7시에 샤모니에 도착했다. 샤모니 외곽에 있는 주차장에 차를 세운 다음 샤모니 시내까지 걸어가서 지난번 소고기, 오리고기, 닭고기를 고체 연료 불판 위에서 구워 먹었던 식당에서 똑같은 메뉴를 시켜서 먹었다.

샤모니에서 보내는 마지막 밤, 아니 이번 알프스 여행의 마지막 밤이라고 생각하니 괜히 마음이 센티멘털해졌다.

저녁 식사를 하고 나서 여행자의 거리를 걷다가 마트에 들러 안주 거리와 맥주에 샴페인까지 샀다. 숙소에 들어가 그냥 잠자리에 들기에는 아쉬운 마음이 들어 술이라도 한잔하자는 데 룸메이트들이 동의했기 때문이었다. 내가 가져온 소주는 어제 다 마셔서 오늘은 소주가 남았다는 다른 일행에게 조금 달라고 하여 소주까지 확보했다.

숙소에 돌아와 씻고 나서 거실에 있는 테이블에 모여 앉았다. 나와 친구는 소주에 맥주를 타서 마시고, 다른 사람들은 샴페인이나 맥주를 마시면서 이런저런 얘기를 나누다가 내일 일정을 얘기하게 되었다.

여행사에서 아침 6시에 출발한다고만 했지, 그 후의 일정은 확실한 얘기를 해주지 않으니 어떻게 해야 하느냐에 대해 의견이 엇갈렸다. 나는 리더가 몽트뢰 가는 일정과 비용을 나에게 알아보라 했었고, 내가 그에 대한 정보를 줬으니 내일 아침에 몽트뢰로 가는 일정을 안내하지 않겠느냐고 생각한다고 얘기했다.

대부분은 여덟 시간 동안 제네바공항에서 그냥 기다리는 것은 참기 어려우니 뭔가를 해야 한다는 데는 동의했으나, 그 긴 시간 동안 무엇을 할 것인가는 의견이 분분했다.

일부는 리더 등이 아이슬란드에 가기 위해 우리를 제네바공항에 일찍 데려다 놓고 자신들이 먼저 떠나는 일 자체를 이해하지 못하겠다고 언성을 높였다. 우리를 보내놓고 나서 그날 늦게든지, 아니면 다음 날 아이슬란드로 떠나도록 일정을 짜는 게 맞지 않느냐는 것이었다.

우리끼리 옥신각신하다가 내가 총대를 메고 "내일 일정을 어떻게 할 예정이냐?"고 리더에게 전화해서 물었다. 리더가 단호하게 "내일은 6시에 출발해서 제네바공항에 8시까지 데려다줄 것이고, 그 후에는 각자 알아서 하라"고 대답하는 바람에 언성이 높아지면서 말다툼으로 이어졌다.

전화를 끊고 나자 내가 욱하는 감정을 이기지 못해 사태를 악화시켰다는 자책감이 들었다. 그냥 술이 취해서 그랬을 수도 있겠지만, 괜히 평지풍파를 일으켰다는 생각에 마음이 씁쓸해졌다. 아내의 충고를 잊고 또 오지랖 넓게 나서서 이런 사태가 벌어진 게 아닌가 하는 자괴감이 밀려왔다.

대형 여행사의 프로그램이었다면 당연히 이런 일이 일어나지 않았을 것이다. 대형 여행사들은 역할이 세분화되어 있어, 설사 가이드 한 사람이 빠지더라도 전체 여행 진행에는 별문제가 없을 것이기 때문이다. 하지만 밴드 모임 여행에서는 리더의 역할이 절대적이라 리더가 빠지면 바로 문제가 발생한다.

물론 리더 입장에서는 함께 여행하는 대부분 사람이 자신과 친하니 이런 정도의 불편쯤은 참아주리라고 생각할 수도 있을 것이다. 그러나 리더는 아무리 친한 여행 참석자라도 고객으로서 대우해 주려는 마음을 가질 필요가 있다. 왜 친할수록 예의를 지켜야 한다는 옛말도 있지 않은가.

더 나아가 리더는 자신과 별로 친분이 없는 여행 참가자들에게는 이런 일이 이해할 수 없는 일이 될 수 있다는 점을 고려할 필요가 있다.

패키지여행과 자유여행을 넘어 소규모 맞춤형 밴드 모임 여행이 환영받는 새로운 여행 트렌드가 되려면, 이런 사소한 문제를 풀어가는 지혜가 필요하지 않을까.

제네바공항 이동/제네바 관광/도하공항, 인천공항

발로신
아파트 숙소 ——— 렌터카 ——— 제네바공항 ——— 기차 ——— 제네바 호수

인천공항 ——— 비행기 ——— 카타르 도하공항 ——— 비행기 ——— 제네바공항
                          (경유)

아침 6시에 출발해야 하니 5시에 일어나서 부지런히 준비를 했다. 6시가 되어 숙소 밖 주차장에 모였는데, 어젯밤 내가 리더와 전화로 다툰 일이 다 알려졌는지 분위기가 싸늘했다. 나도 부딪치고 싶지 않았고, 리더 옆에 앉고 싶지 않아서 뒷좌석에 앉았던 사람과 자리를 바꿨다.

차내 분위기가 가라앉다 보니 제네바공항까지 가는 한 시간 반이 아주 길게 느껴졌다. 내 돈 내고 여행 왔는데, 고객으로서 정당한 대접을 받지 못했다는 섭섭함에 기분이 우울해졌다.

'고객인 내가 왕처럼 대접받지는 못할망정, 고객으로서의 권리를 주장한 일로 왜 일행에게 미안한 마음이 들어야 하는 상황에 처한 거지'라고 생각하니 억울한 마음마저 들었다.

7시 30분에 우리를 제네바공항에 내려놓은 차들은 반납을 위해

제네바 공항

렌터카 회사로 이동하고, 우리는 제네바공항 안에 장장 여덟 시간 동안 가방을 놓아둘 자리를 찾아 움직였다. 아침 이른 시간이라서 그나마 구석에 빈자리가 있어서 가방들을 가지런히 놓고 의자에 앉았다.

리더와 친한 일행은 의자에 앉아 비행기 탑승 시간까지 기다릴 태세였지만, 몇몇 사람들이 몽트뢰까지는 가지 못하더라도 제네바 시내까지라도 다녀오자는 의견을 제시했다.

지도를 보니 공항에서 제네바 호수가 있는 곳까지 기차로 한 정거장만 가면 되는 것으로 나와 있어서 그러자고 했다. 마침 아이슬란드에 가지 않는 여행사 직원이 짐을 지키겠다고 해서 제네바 호수로 갈 사람들은 기차역으로 향했다.

기차역은 공항 건물을 나와 길을 건넌 다음 지하로 내려가면 있었다. 스위스에 몇 번 와본 경험을 살려 무인 발권기에서 기차표 사는 방법을 일행들에게 알려주었다.

공항에서 제네바 호수로 가는 기차는 수시로 있었다. 편도 기차비도 3스위스프랑(약 4,500원)으로 비싸지 않았고, 소요 시간도 10분밖에 걸리지 않았다.

우리가 탄 기차가 공항에서 9시 20분에 출발했는데 제네바역에는 9시 30분에 도착했다. 공항으로 가는 기차를 1시 30분에 탄다고 하면 네 시간 정도 제네바 호수를 구경할 시간이 있는 셈이있다.

10여 명의 인원이 제네바역에 도착한 다음 자연스럽게 친소관계에 따라 3개 그룹으로 나뉘졌다. 나는 숙소를 같이 사용했던 3조 일행과 제네바 호수 쪽으로 걸어갔다.

답답했던 공항 대합실에서 나와 넓은 호수를 보는 것만으로도 마

▲ 물이 맑디맑은 제네바 호수
▼ 제네바 호수의 명물인 제토 분수

음이 뻥 뚫리는 것 같았다. 막상 제네바 호수까지는 나왔지만, 딱히 목적한 데가 없었기 때문에 호수 옆에 서 있는 보트와 길가의 건물들을 보며 걸었다.

제네바 호수에 온다고 했으면 어디를 볼지 미리 조사를 해왔을 텐데, 목적지도 정하지 않은 채 더운 날씨에 그냥 걸어 다니려니 약간 짜증이 났다.

사진을 찍으면서 10분 정도 걸었는데 호수 한 가운데서 큰 물줄기를 쏘아 올리는 게 보였다. 나중에 조사해 보니 이 분수는 제토분수라고 불리며, 높이가 140미터까지 올라가는 제네바 호수의 랜드마크라고 했다.

무더운 날씨에 지친 우리 일행은 제네바역에서 나올 때 봤던 맥도널드에서 햄버거로 식사하는 데 의견 일치를 보고 천천히 제네바역 쪽으로 걸어갔다.

11시가 조금 넘어 제네바역 앞의 맥도널드에 도착했는데, 건너편에 또 다른 햄버거 가게가 보였다. 수제 버거를 파는 곳으로 야외 테이블과 의자도 있고, 맥도널드보다는 더 나은 것 같아서 거기서 식사를 하기로 했다. 햄버거 가격도 우리가 여행사에서 받은 점심 식사비 20유로로 해결이 가능한 수준이었다.

실제 햄버거를 받아서 먹어본 일행은 이 식당을 살 신댁했다고 이구동성으로 말했다. 이런 기분 좋은 우연이 여행의 또 다른 즐거움이 아닌가 하는 생각이 들면서 우울한 감정이 좀 풀렸다.

이런저런 얘기를 하면서 맛있게 햄버거를 먹고 있는데, 다른 일행이 우리를 보고 반갑게 인사했다. 그러더니 이 식당 햄버거가 맛있다는

성베드로성당

애기를 듣고 옆자리에 앉아서 햄버거를 시켜 먹었다.

　서로 어디를 구경했는지 애기를 나누다가 한 팀에서 성베드로성당이 볼 만했다고 하였다. 그들은 우리가 갔던 방향으로 제네바 호수에 가서 꽃시계를 볼 거라고 말했다.

　알고보니 그 꽃시계는 제네바에서 시작된 스위스 시계의 명성을 상징적으로 나타내는 시계였는데, 보지 못하고 그냥 온 것이 살짝 후회가 되었다.

제네바역

    우리 일행 여섯 명 중 세 명은 식당에 그냥 남고, 나를 포함한 세 명은 걸어서 성베드로성당을 구경하러 갔다. 더운 날씨에 10여 분을 걸어갔다 올 만큼 특별한 성당은 아니었지만, 그래두 제네바에 와서 그나마 볼거리를 하나 봤다는 데 의미를 두기로 했다.

    특별히 볼 것을 정해놓고 온 게 아니어서 1시 20분에 공항으로 가는 기차를 탔다.

1시 30분에 공항에 도착해 짐을 놔뒀던 장소로 가보니, 제네바 호수 구경을 가지 않았던 다른 일행들은 벌써 탑승 수속을 하러 갔다고 했다. 아직 시간 여유가 많아서 이렇게 서두를 필요가 없을 텐데 하는 생각이 잠깐 들었다.

하지만 얼마나 지루했으면 그랬을까 곧 이해가 되었다. 우리도 얼른 트렁크를 끌고 탑승 수속을 하러 카운터로 갔다. 원래 내 짐이 그리 많지 않았지만, 한국에서 가져갔던 컵라면 여덟 개랑 소주 세 병을 비워 내서 짐이 더 가벼워졌다.

오후 4시 10분에 제네바공항을 출발한 카타르항공 비행기는 예정대로 밤 11시 5분 카타르 도하에 도착했고, 우리는 비행기에서 내려 버스를 타고 터미널로 이동했다.

간단히 입국 수속을 마치고 인천공항행 비행기를 기다리기 위해 적당한 장소를 찾아 나섰다. 새벽 2시 10분에 출발하는 비행기를 타려면 세 시간 정도 기다려야 하는데, 아침 일찍 숙소를 나선 데다 제네바에서 땡볕에 돌아다니느라 지쳐서 휴식이 필요했다.

어디 드러누웠으면 좋겠다고 생각하면서 돌아다니다가 정원처럼 꾸며놓고 의자까지 있는 장소를 발견했다. 이미 다른 사람들이 좋은 자리를 차지하고 있었지만, 다리를 뻗고 기대앉을 만한 자리를 찾을 수 있었다.

인천공항에는 의자만 있지 이런 공원처럼 꾸민 편안한 장소가 없는데, 역시 환승객을 유치하려고 카타르공항에서 신경을 많이 쓰는구나 싶은 생각이 들었다.

도하에서 환승했을 때와 마찬가지로 버스를 타고 비행기 탑승을 해야 했기에 새벽 1시가 조금 넘자 탑승 절차가 시작되었다. 버스가 지난번 취리히에 가기 위해 들렀을 때보다 공사하는 곳을 더 많이 돌아서 달리다가 우리를 비행기 앞에 내려주었다.

여기 날짜도 7월 10일이지만, 날짜를 거슬러 가기에 새벽에 출발해도 한국에 도착하면 오후 시간이 된다고 생각하니 괜히 시간을 손해 보는 것 같은 느낌이 들었다.

하긴 한국에서 도하를 거쳐 취리히로 갈 때는 시간을 벌었기 때문에 전체적으로 보면 이익도 손해도 없는 셈이었다. 원래 사람이란 이익보는 것은 당연하게 생각해도 손해 보는 것은 크게 생각하는 경향이 있어서 그런 느낌이 드는 게 어쩌면 당연한 일인지도 모른다.

비행기가 이륙하고 안전벨트 사인이 꺼지더니 얼마 후 음료수와 식사가 제공되었다. 한국에 도착하기 전에 또 한 번 식사를 제공하긴 하겠으나 잠도 많이 잘 필요가 없고 해서 올 때와 달리 식사를 했다. 어차피 한국에 도착하면 밤이 될 테고, 그러면 곧바로 잠을 자야 하니까 비행기 안에서 너무 많이 자면 안 좋을 것 같아서 계속 영화를 봤다.

드디어 지루한 시간이 지나고 도착 예정 시간인 오후 4시 55분에 맞춰 비행기가 인천공항에 도착했다.

아침 출발할 때의 씨한 분위기 때문이었는지 모르겠지만, 짐을 찾은 뒤 모여서 작별 인사를 나누고 헤어지자는 제안이 있긴 했으나 자연스럽게 짐을 찾는 대로 주위에 보이는 일행들과 인사를 나누고 뿔뿔이 흩어졌다.

하긴 여기서 광주, 해남 등으로 다시 가야 하는 사람들이 많아 작별 인사보다는 빨리 움직이는 것이 나을 수도 있겠다는 생각이 들었다.

나는 트렁크와 배낭을 메고, 지하철을 타고 집으로 향했다. 오다 보니 퇴근 시간과 겹쳐서 만원인 지하철에 큰 트렁크를 앞에 놓고 앉았는데 괜히 미안한 생각이 들었다.

집에 도착한 시각은 오후 8시. 아내와 반갑게 재회하고 나니 언제 다시 이런 여행을 할 수 있을까 하는 생각에 마음 한구석이 저려왔다.

2부

알프스 여행 더하기

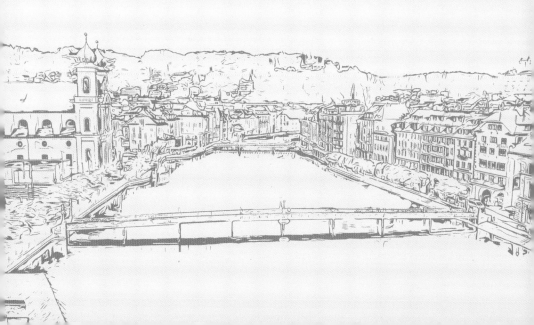

2021년부터 인도네시아에 공장 설비를 신설하는 프로젝트를 담당하면서, 설계와 주요 핵심 설비 제작을 맡은 스위스 회사에 세 차례 출장을 갈 기회가 있었다.

그중에서 2022년 4월의 2차 유럽 출장 때는 주말이 끼면서 인터라켄을 중심으로 하는 융프라우 지역을 여행할 수 있었다. 스페인의 빌바오(Bilbao)를 시작으로 스위스 빈터투어(Winterthur), 이탈리아 밀라노(Milano) 등 3개 국가에 있는 회사들을 방문해 업무 협의와 진행 상황을 체크하려다 보니 10박 11일의 긴 일정이 되었고, 그에 따라 자연스럽게 주말이 포함되었기 때문이다.

주말을 어디서 보낼까 고민하다가 스위스까지 갔는데 융프라우를 가봐야 하지 않을까 하는 생각이 들었다.

출장 중 여행 계획이 확정되자 유럽, 특히 스위스 여행 관련 책을 읽고 인터넷을 검색해서 계획을 세우기 시작했다. 출장 중에 여행하면 비용이 절감되는 이점이 있는 반면, 시간 여유는 적어서 철저한 계획을 세우는 게 중요했다.

빌바오에서 출발해 루체른, 인터라켄, 융프라우요흐, 피르스트, 실트호른, 취리히를 구경한 후 빈터투어로 가는 일정을 다음과 같이 작성했다. 물론 실제 여행은 여러 사정으로 계획대로 진행되지는 않았다.

4월 23일에는 눈이 많이 쌓여서 바흐알프제(호수)를 갈 수 없었는데, 대신 인터라켄의 하더쿨름을 볼 수 있다. 4월 24일에는 인터라켄에서 빈터투어로 가는 중간에 취리히를 들릴 계획이었지만, 일행들이 모두 지쳐서 취리히 구경을 생략했다. 나머지 일정은 거의 계획대로 진행하였다.

4/22(금) 루체른

11:00 취리히공항 도착

12:30 루체른 도착, 점심 식사

14:00 루체른 시내 관광

17:00 루체른 출발

18:00 인터라켄 동역 도착

4/23(토) 융프라유요흐, 피르스트, 바흐알프제

07:00 기상

08:00 인터라켄 동역에서 기차 탑승

10:30 융프라우요흐 도착

12:00 클라이네샤이데크역 – 그린델발트 터미널역 도착

12:30 피르스트 도착

13:00 바흐알프제로 출발

15:00 피르스트 도착

16:00 인터라켄 동역 도착

4/24(일) 실트호른, 취리히

0/:00 기상

08:00 인터라켄 동역-라우터브루넨행 열차 탑승

09:00 (1안) BLM 표 구입 후 맞은편 승강장에서 출발하는 푸니쿨
라 탑승 (2안) 141번 버스 타고 슈테헬베르크로 – 김멜발트
(환승) – 뮈렌(케이블카)

09:30 뮈렌 케이블카 탑승장 이동

10:00 뮈렌 케이블카 탑승: 뮈렌−비르크−실트호른

12:00 실트호른 출발

14:00 인터라켄 동역 도착

16:00 취리히 도착, 취리히 관광

18:00 취리히 출발

이 여행지들 중에서 앞에 기술한 밴드 모임 여행에 추가하면 더 좋겠다고 생각되는 몇 개의 여행지를 골라서 소개하고자 한다.

우선 이번 밴드 모임 여행에서는 전 일정 동안 승합차를 렌트해서 다녔는데, 가능하다면 기차를 타볼 것을 권하고 싶다. 유럽, 특히 스위스는 기차 시스템이 아주 잘되어 있어서 기차를 이용하더라도 큰 불편 없이 이동할 수 있다. 아니, 오히려 차를 타고는 다닐 수 없는 길을 기차로는 갈 수 있는 경우가 많아 기차 여행이 더 좋을 때가 있다.

따라서 전체 일정 내내 기차를 타지 않더라도 일부 구간만이라도 기차를 이용하는 것을 고려할 만하다. 물론 이번 밴드 모임 여행처럼 인원이 많으면 기차를 타고 이동하는 것보다 승합차로 이동하는 것이 더 편리할 수도 있을 것이다.

기차를 이용할 때는 유로 패스 또는 스위스 패스를 구입하는 게 바람직하다. 스위스만 여행한다고 하면 스위스 패스가 바람직하고, 유럽 여러 국가를 다닐 예정이라면 유로 패스를 사는 게 낫다. 유로 패스나 스위스 패스는 스위스 도착 후에는 구입할 수 없기 때문에 한국에서 출발하기 전에 미리 사야 한다.

유로 패스나 스위스 패스를 사는 게 좋은 또 다른 이유로는 정해진 기간 안에는 어느 기차든지 탈 수 있고, 버스와 유람선도 무료로 탈 수 있는 경우가 많다. 낯선 곳에서 기차 시간표를 확인하고, 복잡한 절차에 따라 기차표를 끊는 불편도 피할 수 있다.

추천하고자 하는 여행지는 루체른과 인터라켄의 실트호른이며, 내가 2022년 4월에 이 두 곳을 갔었기 때문에 그때의 여행기를 소개했다.

이탈리아 밀라노에서 스위스 취리히로 넘어오는 비행기에서 내려다본 알프스의 풍경이 너무 감동적이었으므로 이에 대한 감상도 간단히 소개했다. 혹시라도 밀라노에서 취리히, 또는 취리히에서 밀라노로 갈 계획이 있다면 일부러라도 비행기를 이용해 보길 권한다.

루체른 여행

    목요일까지 스페인 빌바오에서의 업무를 마치고, 금요일 아침 일찍 택시를 타고 빌바오공항으로 출발했다. 아침 9시에 취리히로 가는 에델바이스항공사의 비행기를 타기 위해서었다.

    빌바오에서 취리히로 가는 항공편을 처음 알아볼 때는 직항이 없어서 환승을 해야 한다고 했다. 그러다가 직항이 있다는 것을 여행사에서 찾아냈는데, 그 직항 항공편을 운영하는 곳이 바로 에델바이스 항공사였다.

　한국 여행사에서 이 직항 항공편을 찾아줬기에 망정이지, 그렇지 않았더라면 취리히까지 두 시간 거리를 가기 위해 1시간 비행-2시간 환승 대기-1시간 비행 등의 불편을 감수했어야 했을 테니 귀중한 시간도 절약하고, 지루함도 피할 수 있게 되었다.

　에델바이스 항공사는 아마도 저가 항공사인 듯했는데, 빌바오-취리히 항공편은 자리가 듬성듬성 비어 있었다. 그 때문에 예약할 때 취소 불능 조건이 붙었는지도 모르겠다.

　한국에서 여행 계획을 짤 때 빌바오에서 취리히를 거쳐 인터라켄으로 가기까지의 자투리 시간을 어떻게 보낼 것인가를 상당히 고민했었다. 취리히에 12시에 도착하기 때문에 그대로 인터라켄으로 가면 오후 3시 정도면 도착할 수 있었다. 하지만 그럴 경우 인터라켄에서의 일정이 애매해진다는 것이 문제였다.

　인터라켄에서의 모든 일정은 하루 단위로 진행이 되어야 효율적이라 오후부터 일정을 시작하는 것은 바람직하지 않다고 판단했다. 그래서 오후에 들릴 수 있는 곳을 조사하다가 찾아낸 곳이 루체른(Lucerne)이었다.

　사실 취리히에서 인터라켄으로 가는 가장 빠른 길은 베른(Bern)을 경유하는 것이다. 베른을 경유하면 두 시간 정도 걸리지만, 루체른을 경유하면 세 시간이 걸린다. 그러나 인터라켄에 빨리 도착해야 할 이유가 없었고, 루체른이 구경하기 좋은 곳일 뿐만 아니라 루체른에서 인터라켄으로 가는 길도 예쁘다고 하여 루체른을 경유하기로 하였다.

주말 동안 취리히, 루체른, 인터라켄, 다시 취리히, 빈터투어로 이동해야 했기에 기차를 타는 게 가장 나을 것 같아서 한국에서 스위스 패스를 미리 구입했다.

스위스 패스는 외국인만 살 수 있고, 정해진 기간 동안은 스위스 내 어떤 기차(단, 융프라우요흐 기차 등 사설 기차 제외)를 타도 되니 편리해서 구입하기로 한 것이었다.

정해진 구간마다 별도로 기차표를 사는 것에 비해 얼마나 비용이 절약되는지는 따져보지 않았지만, 일단 복잡한 기차 노선에 맞춰 그때 그때 시간을 확인하고 일일이 표를 사야 하는 불편함을 덜어준다는 점만으로도 스위스 패스는 충분히 그 가치를 발휘했다고 생각된다.

거기다가 인터라켄에서 구입하는 융프라우요흐 기차표를 살 때도 스위스 패스를 보여주면 할인을 받을 수 있으니 더 말해 무엇할까. 물론 융프라우 기차 한국 대리점인 동신항운 누리집(홈페이지)을 방문해서 할인쿠폰을 다운로드하여 인쇄해서 가면 비슷한 정도의 할인을 받을 수 있긴 하다.

동신항운 할인쿠폰은 융프라우요흐 꼭대기에서 신(컵)라면을 공짜로 먹을 수 있는 혜택까지 주어지기에 이중 할인이 안 되는 것을 알면서도 챙겨 갔다.

일 만 원 정도 지불해야 먹을 수 있다는 컵라면을 공짜로 먹는 게 무슨 대수냐 할 수 있겠지만, 실제로 먹어본 기분은 직접 느껴보지 않고는 알 수가 없을 것이라는 생각이 들 정도로 즐거운 경험이었다.

다만, 스위스 패스를 이용할 때는 여권도 반드시 보여줘야 한다는 점이 좀 불편했다. 다른 사람의 표를 활용하는 꼼수를 방지하기 위한 목적으로 패스와 신분증을 확인한다는데, 스위스 사람들도 예외는 아니었다. 더욱이 스위스 기차에서는 반드시 검표원이 표를 전수 검수한다는 점이 특이했다.

한국은 지정 좌석이라 검표원이 지나가면서 표 검사를 직접 하지 않아도 되지만, 스위스는 지정 좌석이 아니라서 일일이 검표를 할 수밖에 없겠다는 생각이 들었다. 이곳에서는 누구든지 표 검사를 받도록 시스템화가 되어 있는 것 같았다.

이탈리아에서 기차를 탔을 때 표 검사를 하지 않은 경우가 있었지만, 스위스에서는 한 번도 검사를 건너뛴 적이 없었다. 짧은 구간을 가는 융프라우요흐 기차 안에서도 기차표 검사를 했었다.

오전 9시가 조금 넘어 빌바오를 출발한 비행기는 11시에 취리히공항에 도착했다. 짐을 찾고 지하의 기차역으로 이동한 다음 전광판에서 루체른행 기차를 찾아 탑승했다.

스위스 기차는 지정석이 없고, 일등칸과 이등칸 구별만 있었다. 우리는 이등석 스위스 패스를 구매했으므로 2자가 표시된 기차 칸을 찾아 탑승했다. 기차 안은 좌석에 여유가 많아서 커다란 트렁크를 입구 옆 공간에 두고 그 부근 자리에 앉았다.

기차는 취리히에 잠깐 정차했다가 루체른을 향해 달렸다. 기차가 취리히 호수 옆을 달리는 동안 호수 풍경이 너무 아름다워 창문에 대고 카메라 셔터를 계속 눌렀다.

12시 반을 조금 넘어 루체른역에 도착한 후, 짐 보관함에 트렁크를 집어넣고 점심 식사를 할 식당을 찾았다. 마침 근처에 〈꽃보다 할배〉에 나왔다는 한국 식당이 있다고 해서 거기서 식사하기로 했다.

루체른역을 나와 좌측 길을 건너 골목으로 들어가서 다시 좌측으로 가면 나온다고 했던 식당이 보이지 않아, 결국 구글맵을 이용해서 찾았다. 이때 배운 구글맵 활용법은 나중에 내가 혼자 밀라노 거리를 헤맬 때도 큰 도움이 되었다.

식당에 들어섰는데, 손님은 물론 웨이터도 모두 마스크를 쓰고 있지 않았다. 마침 우리가 들어서는 것을 보고 나온 사장이 "스위스는 이제 더 이상 마스크를 쓰지 않는다"고 말하면서 "편한 면도 있지만, 코로나에 걸리면 개인이 알아서 치료를 해야 하기에 불만도 좀 있다"고 했다.

오랜만에(?) 비빔밥과 김치찌개 등으로 배불리 배를 채우고 본격적으로 루체른 관광에 나섰다.

가장 먼저 방문한 곳은 카펠교였다. 카펠교는 유럽에서 가장 오래된 목조 다리로 루체른의 대표적인 관광 명소이니만큼 많은 사람으로 붐볐다.

🕐 루체른의 상징인 카펠교(왼쪽)

지붕이 있었고, 천정에는 루체른 역사에 관련된 벽화들이 장식되어 있었으나 '아, 이런 벽화들이 있구나' 하는 정도로만 건성으로 보면서 지나쳤다. 루체른에는 워낙 볼거리들이 많아서 오후 반나절 동안에 다 둘러보려면 서둘러야 했기 때문이다.

카펠교를 지나서는 강을 따라 하류 쪽으로 내려가면서 구경했다. 아담하면서도 정겨운 건물들 사이를 걷다가 어느 교회 앞에서 결혼식을 올리는 행렬을 만났다.

예식장에서 천편일률적으로 진행되는 한국에 비해,

📷 교회 앞 결혼식 풍경

이런 곳에서 결혼식을 올리면 참 낭만적이겠구나 하는 생각이 들었다.

강폭은 한강보다 좁았지만, 다른 유럽의 강들에 비해서는 넓은 편이었는데 강물이 굉장히 맑고 또 상당히 거센 기세로 흘렀다. 아마도 강 상류에서 빙하가 녹아 흘러내리기 때문에 수량이 풍부해서 세차게 흐르는 듯싶었다.

무제크 성벽(Museggmauer)이 보이는 입구에 마침 화장실이 있어서 모두 화장실에 다녀오라고 말했다. 스위스에는 공중화장실이 별로 없어서 화장실이 보이면 무조건 다녀오는 게 좋다. 설사 화장실이 있더라도 돈을 내고 들어가야 하는 경우가 대부분이라 여간 불편한 게 아니다.

요즘은 동전을 넣고 들어가는 무인 시스템이 많아서 여행자 입장에서는 화장실 가는 게 불편함을 넘어 지옥 같은 경험이 될 수 있다.

낯선 타국 땅에서 터져 나오려는 생리적 욕구를 해결할 수 없다고 생각해 보라. 그래서 스위스 여행을 할 때는 되도록 물을 마시지 않지만, 그렇다고 하루 종일 생리작용을 참을 수는 없는 일 아닌가.

무제크 성벽을 오르면서 본 짙푸른 강물은 또 다른 운치를 더해 주었다. 나지막하고 고전적인 건물들과 어우러져 흐르면서 자꾸 바라보게 만드는 매력이 있었다.

무제크 성벽 끝을 지

중세시대에 마을 전체를 둘러싸고 있었다는 무제크 성벽

나면서 강물과는 이
별하고, 성벽을 따라
언덕길을 올랐다. 이
어서 평지가 나오더니
성벽에 솟아 있는 망
루가 나타났다.

망루 안에는 가
파른 계단이 이어져
있었는데, 위에서 내
려오는 사람을 만나
면 서로 비켜줘야 할
정도로 좁았다.

🕐 루체른 시내 경유지

끝날 듯 끝나지 않는 계단을 따라 망루 꼭대기에 오르니 루체른 시
내가 한눈에 내려다보였다. 조금 전 시내를 걸으면서 감탄했던 강물도
더 푸른색으로 치장하고 한껏 자태를 뽐내고 있었다.

아기자기한 건물과 함께 멀리 보이는 높은 산, 강물 끝에 연결된 호
수가 한 폭의 그림처럼 펼쳐져 있었다.

망루의 높이가 높아서 그런지 오른쪽으로 눈을 돌리니 알프스 산
봉우리들이 더욱더 선명하게 눈앞에 드러났다. 머리에 새하얀 눈을 이
고 있는 산봉우리들이 "안녕! 반가워"라고 속삭이는 것 같았다.

루체른에서 인터라켄까지는 거리가 멀어 눈에 보이는 산봉우리들
이 내일 올라갈 융프라우는 아니겠지 싶었지만, 인터라켄으로 가는 기
차를 타고 가면서 볼 거라는 생각에 친근감이 들었다.

📷 무제크 성벽 망루에서 내려다본 루체른 시내

▲ 망루에서 바라본 루체른 호수와 설산
◀ 망루 위 동상

성벽을 걷는 사람들의 수에 비해 망루에 올라오는 사람이 적은 이유는 아마도 망루가 높기 때문이 아닐까 싶었다. 성벽을 따라 몇 개의 망루가 있었으나 우리 일행 모두 다시는 망루에 오르고 싶지 않다고 고개를 절레절레 흔들었다.

성벽이 끝나는 지점에서 다음 목적지인 '빈사의 사자상(Löwendenk-mal)'을 찾는 데는 약간의 어려움이 있었다. 중간에 쇼핑센터와 큰 길이 있었는데, 빈사의 사자상은 골목길 안에 있었기 때문이다.

이 사자상은 과거 척박한 스위스 땅에서 살아갈 방도를 찾아 떠났던 스위스 용병들이, 의뢰받은 사람을 끝까지 보호하느라 죽음을 마다하지 않았던 모습을 표현한 것이라고 했다.

지금은 세계에서 가장 잘사는 나라로 꼽히지만, 과거에는 가난했었다는 사실을 보여주는 상징이라는 생각이 들자 약간 서글퍼졌다.

성벽을 걷느라고 지쳤는지, 빈사의 사자상을 찾은 다음 사진을 찍고 그 옆에 있는 빙하 공원을 둘러보자고 했더니 다들 마뜩잖은 표정을 지었다. 인터라켄으로 가는 기차 시간도 그렇고, 지친 다리로 둘러보는 것이 무리라는 판단이 들어 빙하 공원 앞에서 사진만 찍고 기차역으로 향했다.

📷 스위스 용병을 상징하는 빈사의 사자상

역으로 가는 길에 만난 루체른 호수도 환상적이었다. 시간만 된다면 짙푸른 루체른 호수 위에서 유람선을 타는 호사를 누려보고 싶었다. 기차역이 보이자 '이 아름다운 루체른을 언제 다시 볼 수 있을까?' 하는 아쉬운 마음이 들었다.

인터라켄에서의 반나절 일정을 빼고 산의 여왕이라 불리는 리기(Rigi)산, 세계에서 가장 가파른 톱니바퀴 열차를 타고 오르는 필라투스(Pilatus)산, 중부 스위스에서 가장 높다는 티틀리스(Titlis)산 정상에 올라 알프스와 호수가 만들어내는 아름다운 풍경을 감상하는 것도 좋을

 루체른 호수

것 같았다.

정말 루체른을 반나절에 둘러보는 것은 루체른에 대한 모독이었다. 다음에 기회가 생긴다면 최소 하룻밤은 묵으면서 오늘처럼 시내를 둘러보는 것은 물론 루체른 호수 유람선 타기, 필라투스산이나 티틀리스산 또는 리기산을 오른 다음, 가능하다면 트레킹까지 해야겠다는 생각을 해봤다.

루체른에서 인터라켄 가는 길

반나절의 루체른 여행을 마치고 루체른역 보관함에서 가방을 찾아 오후 5시 좀 지나 인터라켄으로 가는 기차를 탔다. 이렇게 서둘러서 기차를 탄 이유는 루체른에서 인터라켄으로 가는 길이 아름답다고 들었는데, 어두워지면 경치 구경을 못 할 수도 있다고 생각했기 때문이었다.

이 기차 구간이 얼마나 아름다웠으면 '골든패스(Golden Pass) 라인'이라 불리겠는가. 실제로 취리히에서 루체른까지의 기찻길 풍경도 나름

루체른에서 인터라켄으로 가는 기차 노선도

괜찮았지만, 루체른에서 인터라켄 구간의 풍경에는 정말 비할 바가 아니었다.

만약 취리히에서 인터라켄으로 여행을 계획하고 있는 누군가가 나에게 자문을 구한다면 루체른에 머물 시간이 없더라도, 또 기차 시간이 두 배로 늘어나는 수고를 감수하고서라도 골든패스 라인을 타라고 강력하게 권할 것이다.

루체른역을 출발한 기차는 루체른 호수를 뒤로 하고 산기슭을 따라 달리기 시작했다. 기차는 터널을 지나 달리다가 산 풍경이 지루해질

만해지자 다시 루체른 호수를 잠깐 보여주고는 눈이 쌓인 봉우리를 바라보면서 달렸다.

기찻길 옆, 손에 닿을 듯이 보이는 아담한 집들과 짙푸른 초원 그리고 깎아지른 듯한 산기슭 풍경을 보니 감탄사가 절로 나오면서 사진을 찍게 되었다.

골든패스 라인에서 찍은 사진이면 전문 사진작가가 아니더라도 모두 예술 작품이 되지 않을까 싶을 정도로 풍경 자체가 예술이었다. 취리히, 루체른 등 대도시를 구경하면서도 스위스라는 것을 어느 정도 느끼긴 했지만, 골든패스 라인이 보여주는 풍경을 보니 이제 정말 스위스에

스위스 알프스의 전형적인 풍경

왔구나 하고 실감했다.

30분 정도 지나 호수 옆 평지를 지난 기차는 본격적으로 깎아지른 벼랑 위의 산길을 달리기 시작했다. 비가 많이 오면 곧 떠내려갈 것 같은 가파른 절벽 위의 길이다 보니 괜히 가슴이 조마조마해졌다.

건설 분야에 근무하는 직업상 본능인지 기찻길을 세심하게 살펴봤지만, 추락을 방지하기 위한 구조상 특징은 찾아낼 수 없었다. 기찻길의 안정성은 아마도 튼튼한 암반 때문이 아닌가 하는 생각이 들었다.

대부분 산사태는 암반 위에 있는 토사가 빗물을 머금었다가 무게를 견디지 못하고 흘러내리면서 생기는데, 산 위를 지나는 스위스 기찻길 하부에는 토사가 적어 비가 오더라도 흘러내릴 염려가 적어 보였다. 설사 토사가 있었더라도 산 절벽이 워낙 가팔라 벌써 다 쓸려 내려갔을 것 같았다.

골든패스 라인의 또 한 가지 특징은 기찻길을 내기가 힘들어서 그런지, 아니면 기차 통행 횟수가 적어서 그런지 철로가 단선이라는 점이었다.

역이 아닌데도 기차가 가다가 산 중턱에서 잠깐 정차하곤 했는데, 그러면 조금 있다 반대편에서 기차가 지나쳐 가곤 했다. 아마도 중간에 기차끼리 교행할 수 있도록 만든 복선 구간에서 기차가 기다리는 것으로 보였다.

루체른에서 인터라켄까지 걸리는 시간이 1시간 50분인 데 비해, 기차 운행 시간 간격은 한 시간 정도여서 반대편에서 오는 기차끼리 마주칠 확률은 두 번 정도가 되지 않을까 싶었다.

▲ 차창 밖으로 보이는 알프스 설산
▼ 빙하가 녹으면서 만들어진 폭포

실제로 내가 탄 기차가 루체른에서 인터라켄까지 가는 동안 교행한 횟수는 두 번이 넘었던 것 같은데, 이는 아마도 다른 곳으로 가는 기차가 있어서 그런 게 아닐까 짐작되었다.

기차에 탄 사람이 그리 많지 않아서 우리 일행 네 명은 함께 앉을 수 있는 좌석을 한 사람씩 독차지하고 앉았다. 그것도 모자라서 좋은 풍경이 보이면 좌우 빈 좌석을 옮겨 다니며 사진을 찍었다.

두 명씩 마주 보고 앉을 수 있도록 배치된 자리에는 창가에 조그만 탁자가 붙어 있었는데, 그 탁자에는 기차 노선이 그려져 있었다. 처음에는 지도에 나와 있는 기차역마다 정차하더니 인터라켄에 가까이 가서는 작은 기차역을 건너뛰면서 띄엄띄엄 정차했다.

루체른을 출발한 지 1시간 30분이 지나자 기차는 인터라켄의 튠 호수를 따라 그림과 같은 풍경을 보여주면서 마지막 줄달음을 쳤다. 그러고는 루체른을 출발한 지 정확히 1시간 50분 만인 저녁 7시에 인터라켄 동역에 도착했다.

인터라켄 동역은 울타리도 없이 바로 앞의 광장과 연결되어 있어서 누구나 드나들 수 있는 구조로 되어 있었다. 역 앞 광장에 서자 바로 앞에 쿱(COOP)이 보여서 일행 중 두 사람은 저녁 먹을거리를 사러 가고, 나와 다른 일행은 예약해 둔 호텔을 찾아보기로 했다.

하지만 들고 간 지도로는 도저히 방향이 가늠되지 않아, 결국 지도로 찾기를 포기하고 구글맵을 써보기로 했다. 그런데 구글맵으로는 예약한 호텔이 10킬로미터 이상 떨어진 곳에 있는 것으로 나와 있었다.

분명히 한국에서 예약할 때는 인터라켄 동역에서 걸어서 15분 정

인터라켄 튠 호수가 시작되는 브리엔츠역

도 걸린다고 했는데, 그럴 리가 없다고 생각하고 역 앞에 서 있는 택시 기사에게 물었더니 걸어서 갈 만한 거리라고 방향을 알려주었다.

나중에 안 사실이지만, 역 앞에 자주 서는 버스를 타면 금방 갈 수 있는 거리였다. 어쨌거나, 그 사실을 몰랐으니 부슬부슬 내리는 빗속에 지친 다리를 끌고 걸어서 겨우 호텔에 도착할 수 있었다. 스위스 패스가 있어서 버스 탑승도 공짜였는데, 잘 모르니 제대로 활용을 못 하고 헛고 생한 것이었다.

인터라켄 호텔은 관광지답게 가격에 비해 시설이 별로였다. 출장을 위해 머물렀던 대도시 호텔들에 비해 상당히 낡고, 서비스도 좋지 않았다. 그래도 코로나19 때문에 손님이 적고, 비수기라 그나마 한가한 덕분에 비교적 싼 가격에 호텔을 잡았다는 것만으로도 감사해야 할 일이라고 스스로를 위로했다.

짐을 푼 다음 한국 식당을 찾아 나섰는데, 인터넷에 나와 있는 한국 식당은 거의 다른 가게로 바뀌어 있었다. 아마도 코로나19로 한국 관광 손님이 줄어들자 장사가 안되어 폐업이나 전업을 한 게 아닌가 싶었다.

결국 한국 식당 찾기를 포기하고 호텔 아래층에 있는 식당에서 피자와 맥주를 시켜 먹으며 저녁 식사를 대신했다.

피곤한 몸에 맥주까지 한잔하니 호텔 방에 들어왔을 때는 완전히 녹초가 되어 있었다. 스페인 빌바오에서 아침에 출발하여 취리히까지 비행기를 타고 와서 기차로 루체른까지 간 다음, 루체른에서 반나절 투어를 하고 인터라켄까지 기차를 두 시간이나 타고 도착하는 강행군을 했으니 지칠 만도 했다.

낡은 침대 위에 누워, 내일은 날씨가 좋아서 융프라우 풍경을 제대로 구경했으면 좋겠다는 생각을 하는 순간 깊은 잠에 빠졌다.

인터라켄 하더쿨름

다음 날 아침, 기차를 타고 피르스트에 갔다가 눈이 너무 많이 쌓여서 계획했던 바흐알프제(호수)까지의 트레킹을 하지 못하고 일찍 내려와 그린델발트에서 인터라켄 농역으로 가는 기차를 탔다.

동역에 내리니 아침에 버스를 타고 오다가 본 경사진 기찻길이 생각났다. 동역을 따라 흐르는 냇가 옆의 기찻길이 가파른 산을 향해 나 있었는데, 분명 어딘가 볼거리가 있는 곳으로 가는 기차일 거라는 생각이 들었다.

아직 해가 많이 남아 있어서 일행들을 설득해 기찻길이 있는 곳으로 걸어갔다. 오늘 예정했던 피르스트에서 바흐알프제까지 걷지 못했으니 "꿩 대신 닭"이라고 그 기차라도 타보면 어떨까 하는 생각을 했던 것이다.

그 기찻길은 하더쿨름(Harder Kulm)으로 올라가는 기찻길이었다. 길이 너무 가팔라서 기차가 로프에 매달려 있었는데, 로프를 당겨 기차가 올라가는 것으로 보였다.

사실 기차라고는 하지만, 한 칸에 10여 명이 타고 있었기에 기찻길

🕐 가파른 언덕을 오르는 하더쿨름행 기차

하더쿨름 입구

위를 다니는 '곤돌라'라고 하는 편이 더 적합한 표현이 아닐까.

기차가 올라가는 동안 위에서 다른 기차가 내려왔는데, 아마도 두 개의 기차가 엇갈리면서 상하로 운행하는 것으로 보였다. 기차는 10여 분을 계속 올라가다가 케이블카 정류장 비슷한 곳에 멈췄다.

기차에서 내리니 조그만 오솔길이 이어졌다. 오솔길을 따라 채 500미터도 걷지 않았는데 웅장한 건물이 나타났다. 그 건물 이름이 바로 '하더쿨름'이었다.

하더쿨름은 큰 식당으로 인터라켄 시내와 인터라켄 호수까지 내려다볼 수 있는 곳에 자리 잡고 있었다. 기차에서 내린 사람들이 사진을 찍는 동안 다음 기차에서 내린 사람들이 또 합류하면서 하더쿨름 앞 광장은 상당히 붐볐다.

나는 기차역 위쪽의 작은 산을 발견하고 그 산에 한번 올라가 볼 생각으로 발걸음을 옮겼다. 몇몇 사람들이 나와 같은 생각을 했는지 그 산등성이를 향해 걷기 시작했다.

▲ 하더쿨름에서 내려다본 인터라켄 시내
▼ 뒤편에서 바라본 하더쿨름 건물

▲ 하더쿨름 전망대
▼ 하더쿨름에서 즐길 수 있는 트레킹 코스 안내 표지판

하지만 산길 입구에 있는
트레킹 안내도를 보고 산에 올
라가는 것을 포기했다. 왜냐하
면 산등성으로 올라가는 길은
인터라켄과 반대 방향이어서 전
경도 별로였고, 진짜 트레킹을
하려면 두 시간 이상 잡아야 하
는 걸로 나와 있었다.

인터라켄 시내와 인터라켄
호수가 바라보이는 풍경이 너무
멋있고, 여기까지 올라와서 금

📷 스위스 전통 음식 퐁뒤

방 내려가는 것이 아쉬워 간단하게 퐁뒤를 먹으면서 맥주를 마시기로
했다. 스위스에 와서 스위스 전통 음식을 먹어본다는 의미도 있었다.

냄비에 담긴 치즈가 은근한 불꽃에 녹아 있는 상태에서 잘게 자른
빵을 찍어 먹는 게 바로 퐁뒤였는데, 좀 느끼하긴 했으나 그런대로 맛이
있었다. 하더쿨름은 이번 여행 계획에는 없었지만, 잘 선택했다는 것이
모두의 공통된 의견이었다.

실트호른 여행

일찍 서두를수록 많이 볼 수 있다는 생각에 모두 8시에 호텔 앞을 출발하는 버스를 탈 수 있었다. 오늘은 실트호른을 다녀온 다음 바로 기차를 타고 떠나야 해서 짐을 싸서 나왔다. 그 때문에 트렁크를 역에 있는 보관함에 넣고 바로 기차를 탔다.

오늘의 목적지 실트호른으로 가는 길은 두 가지 루트가 있다. 융프라우로 가기 위해 들려야 할 라우터브루넨까지는 공통이지만, 거기서 푸니쿨라를 타고 가는 루트와 141번 버스를 타고 슈테헬베르크(Stechel-berg)까지 가서 케이블카를 타는 루트이다.

첫 번째 루트인 푸니쿨라를 타면 다시 2량짜리 기차를 타고 뮈렌(Mürren)으로 가서 마을을 지나 케이블카 정류장까지 걸어가서 케이블카를 타고 비르크(Birg)를 거쳐 실트호른으로 간다.

두 번째 루트를 선택해 141번 버스를 타면 슈테헬베르크에 도착해 바로 케이블카를 타고 김멜발트(Gimmelwald)에서 환승한 후 뮈렌에서 다시 갈아탄 다음 비르크를 거쳐 실트호른에 오른다.

그러니까 어느 쪽을 선택하든 뮈렌에서 비르크를 거쳐 실트호른에 오르는 길은 공통인 셈이다.

라우터브루넨에서 실트호른까지의 노선도

우리는 실트호른으로 갈 때는 첫 번째 루트인 푸니쿨라를 타는 루트를, 올 때는 뮈렌에서 김멜발트를 거쳐 슈테헬베르크로 케이블카를 타고 내려오는 두 번째 루트를 선택했다.

인터라켄 동역을 출발할 때는 날씨가 흐렸는데, 다행히 비가 내리지는 않았다. 다른 선택의 여지가 없어 하루 종일 비가 오지 않기를 바라면서 스위스 패스를 활용해 라우터브루넨까지 기차로 이동했다.

라우터브루넨역에 내려서 푸니쿨라를 찾았으나 보이지 않아 두리번거리다가 마침 잡담을 나누고 있는 역무원들에게 물어보았더니, 지하보도를 지나서 조금 가면 보일 것이라고 했다. 부리나케 안내한 방향으로 걸어가자 승강장이 보였다. 푸니쿨라는 우리가 탑승하자마자 바로 위로 올라가기 시작했다.

5분도 채 되지 않아 푸니쿨라가 역에 도착했고, 우리는 바로 옆에 대기하고 있던 기차에 옮겨 탔다. 2량의 짧은 기차는 몇 명 안 되는 손님이 타자마자 절벽 길을 따라 달렸다.

안개에 가려진 건너편의 설산 봉우리들을 보면서 우리는 "와우, 야!"를 연발하면서 열심히 사진을 찍었다.

실트호른에 가기 전에 이 기차를 타는 것만으로도 충분히 스위스의 정취를 느낄 수 있었다.

뮈렌행 기차를 타고

📷 절벽 길을 달리는 차창 밖의 환상적인 풍경

　　구불구불한 기찻길을 느릿느릿 달리는 기차에서 설산의 풍경을 즐기다 보니 10분이 채 지나지 않아 기차는 뮈렌에 도착했다.

　　뮈렌역에서 실트호른행 곤돌라를 타는 것은 그리 어렵지 않았다. 우선 기차에서 내린 사람들이 가는 길을 따라가면 자연스럽게 곤돌라

🥾 라우터브루넨과 연결되는 뮈렌역

정류장에 도착한다. 또 뮈렌은 작은 산골 마을로 뮈렌 기차역에서 곤돌라 정류장까지 가는 길이 하나밖에 없다고 해도 과언이 아니었다.

기차에서 내려 사진도 찍고 마을 구경도 하면서 큰길을 따라 여유롭게 걷다 보니 어느새 곤돌라 정류장이었다.

뮈렌은 실트호른을 가는 길에 들리는 것만으로는 너무 아쉬운 마을이라는 생각이 들었다. 언젠가 뮈렌에 머물며 마을 길을 천천히 거닐

면서 설경을 구경하고, 밤하늘의 정취를 만끽하는 여유로운 여행을 해 보면 좋겠다는 생각이 들었다.

시간이 멈춘 듯한 마을. 그게 바로 뮈렌을 보면서 들었던 느낌이다.

뮈렌에서 실트호른까지 오르는 케이블카는 2년 전까지만 해도 스 위스 패스를 가진 사람에게는 무료였다고 하는데, 이제는 따로 요금을

▲ 실트호른 정상. '피츠 글로리아'라는 회전식 식당이 있다.
▼ 아이거, 묀히, 융프라우 등의 설산을 볼 수 있는 전망대

받는다고 했다.

표를 끊고 조금 기다리니, 슈테헬베르크에서 올라오는 케이블카에서 내리는 손님들이 대합실로 쏟아져 들어왔다. 아마도 그들이 내리는 시간에 맞춰 실트호른으로 올라가는 케이블카가 운행되도록 시간이 짜인 것 같았다.

승차권을 보여주고 케이블카에 오르자 금방 만원이 되었다. 스키를 든 사람들까지 함께 타면서 케이블카 안은 곧 움직일 수 없을 정도가 되었다. 케이블카는 비르크에서 한 차례 환승한 다음 실트호른으로 향했다.

실트호른은 융프라우요흐만큼 높지 않아서 그런지 융프라우 눈보라가 휘몰아치지는 않았다. 융프라우요흐에서 겪었던 고산증도 여기서는 느껴지지 않았다. 하긴 해발 3,571미터인 융프라우요흐에 비해 실트호른은 2,970미터에 불과하니 그럴 만도 하다는 생각이 들었다.

실트호른 전망대로 나서자 여기를 배경으로 촬영했다는 007 영화의 안내 입간판이 있었다. 숀 코너리와 로저 무어를 007 영화의 주인공으로 알고 있는 내 기억 때문인

📷 007 영화 홍보관

지, 입간판의 주인공인 조지 레이전비가 낯설게 느껴졌다.

이곳을 배경으로 한 007 영화의 장면이 기억나긴 했지만, 007 영화라는 생각이 들지 않은 것은 비단 나만의 느낌일까. 007 영화와의 관련성을 이렇게까지 강조하지 않아도 실트호른 풍경 자체만으로 충분히 홍보할 수 있었을 텐데 하는 생각도 들었다.

전망대 주위는 설산들에 빙 둘러싸여 있었다. 융프라우, 아이거 등의 설산은 안개 속에서 가끔 자신의 존재를 뽐내고 있었다. 그 밖에도 이름을 알 수 없는 수많은 설산이 물결처럼 좌우로 펼쳐져 있었다.

머리 위에 보이는 설산들을 감싼 구름도 있었지만, 비행기를 타고 가다 창문을 통해 바라보는 구름처럼 푹신해 보이는 구름바다가 발밑에서 인간 세상의 부끄러움을 감추려는 듯 산골짜기를 가리고 있었다.

융프라우의 전망대만큼 실내의 볼거리들이 많지 않아 설경을 보고 사진을 찍은 다음 내려가기로 했다. 이제 계획했던 곳들을 대부분 구경했다는 홀가분함과 함께 이번 여행의 끝자락에 다가가고 있다는 아쉬움을 뒤로 하고 케이블카를 탔다.

갈 때는 슈테헬베르크로 내려가는 코스를 택했다. 슈테헬베르크에 도착해서 역 밖으로 나오니 널따란 광장이 있고, 건너편 절벽 위에서 폭포가 떨어지고 있었다. 설산의 빙하가 녹은 물이 계속 흘러 내려오기 때문에 스위스에는 이런 절벽 폭포가 아주 흔하게 보였다.

한참 사진을 찍는데 버스가 들어오는 게 보였다. 버스 번호를 확인해 보니 우리가 타고 갈 141번 버스였다. 그런데 내려오면서 살펴봐도 버스는 141번 버스 외에는 보이지 않았다.

📷 슈테헬베르크역 앞 폭포

🕐 슈테헬베르크역에서 버스 정류장으로 가는 길

안내 책자에 141번 버스를 타고 가야 한다고 나와 있어서 나는 버스 노선 종류가 많은 줄 알았다. 그런데 슈테헬베르크에서 라우터브루넨까지 운행하는 버스는 141번 버스뿐인 것으로 보였다.

실트호른으로 올라갈 때 라우터브루넨에서 버스 대신 기차를 타기로 한 것은 버스 종류가 많아 헷갈릴까 봐서 그랬는데, 그 걱정이 기우에 지나지 않았다는 것을 깨달았다.

그래도 두 코스를 다 경험할 수 있었으니 결과적으로는 잘한 선택이었다고 스스로에게 격려를 보냈다.

밀라노에서 취리히로 오는 비행기에서

2022년 10월 5일에 인도네시아 공장 설비를 제작하는 이탈리아 밀라노 인근의 공장 방문 일정을 마치고, 다음 날 스위스 빈터투어로 가는 비행기를 탔다.

지난번 이탈리아 공장 방문 때는 빈터투어에서 기차를 타고 밀라노로 왔었는데, 이번에는 스위스 기술 제공사 직원이 기차가 아니라 비행기를 타고 취리히로 이동한다고 해서 같이 비행기를 예약한 것이다.

밀라노에는 두 개의 공항이 있다. 내가 한국에서 오면서 이용한 리나테(Linate)공항과 스위스로 가면서 이용한 말펜사(Malpensa)공항이다. 스위스 취리히와 밀라노 사이를 운행하는 직항 항공편은 말펜사공항에는 있었지만 리나테공항에는 없었다.

말펜사에서 취리히 사이를 운항하는 스위스항공은 루프트한자(Lufthansa)항공사에 소속되어 있다. 나는 한국에서 올 때 루프트한자 비행기를 이용했기 때문에 취리히행 스위스항공 항공권을 저렴하게 구입할 수 있었다.

유럽 내에서 비행기를 이용할 계획이라면 되도록 한국에서 올 때도 연관된 항공사의 비행기를 이용하는 것이 유리하다. 예를 들어 한국에서 유럽으로 올 때 아시아나항공을 이용했다면, 유럽 내에서 이동하는 항공권을 구입할 때도 아시아나항공이 소속된 스타얼라이언스(Star Alliance) 소속 항공사를 이용하는 게 좋다는 의미다.

지난번 취리히에서 밀라노로 기차를 타고 왔을 때의 풍경도 아주 좋았지만, 이번에 스위스 항공을 이용해 밀라노에서 취리히로 가면서 본 풍경은 그야말로 압권이었다. 누구든 밀라노에서 취리히, 또는 취리히에서 밀라노를 갈 계획이 있다면 일부러라도 이 비행 편을 이용해 보길 권한다.

밀라노 말펜사공항을 이륙한 비행기는 구름을 뚫고 올라가자마자 웅장한 알프스산맥의 위용을 적나라하게 드러냈다.

지난번에 인터라켄을 통해 올랐을 때 봤던 융프라우로 짐작되는 설산 무리가 멀리 보이기 시작하더니, 취리히에 가까워지자 호수도 함께

📷 하늘에서 보는 알프스

보였다.

알프스의 설산이나 취리히 호수를 가까이에서 보았던 것도 좋았지만, 오늘처럼 하늘 위에서 보는 것은 또 다른 감동을 안겨주었다.

지금 내가 내려다보고 있는 설산은 도저히 오를 엄두를 낼 수 없을 터이고, 아름다운 호수도 몇 시간을 힘들게 걸어서 가야 볼 수 있을 것이다.

그런데 그 많은 설산과 호수를 한꺼번에 내려다보고 있으니 이보다 더 큰 행운이 있을까. 더욱이 맑은 날씨에 선명하게 보이는 설산과 호수를 감상하고 있자니 세상 부러울 게 없었다.

멀리 융프라우로 보이는 설산 무리

▲ 아름다운 호수 풍경
▼ 취리히 시내

아름다운 풍경을 하늘 위에서 보려면 비싼 돈을 주고 헬리콥터를 타거나, 패러글라이딩을 하기도 한다. 그런데 이처럼 비행기를 타고 이동하면서 편하게 풍경을 즐길 수 있으니 얼마나 좋은가.

헬리콥터를 타거나 패러글라이딩을 하려면 별도의 비용과 시간을 들여야 하고, 소음과 위험을 감수해야 하나 비행기 안에서 경치를 보는 것은 그럴 필요가 없다는 말이다.

다행히 나는 비행기 뒷자리에 앉았는데, 내 열에는 좌우에 승객이 없어서 여기저기로 옮겨 다니며 알프스 사진을 실컷 찍었다.

처음 비행기에 올랐을 때는 내 좌석이 맨 뒤로 배치되어 있어서 상당히 불쾌했었는데, 그 덕분에 사진을 맘대로 찍을 수 있어서 오히려 고마운 마음이 들었다.

알프스 설산과 호수를 내려다보면서 사진을 찍다 보니 비행기는 어느새 취리히공항에 접근하고 있었다. 밀라노에서 취리히로의 비행시간은 한 시간 정도에 불과했는데, 그 시간을 좀 더 늘릴 수 없나 하는 아쉬운 마음이 들었다.

마치는 글

알프스의 하얀 설산과 그 밑에 펼쳐진 드넓은 초원 그리고 그 초원에 지천으로 피어 있는 야생화!

작년 여름에 알프스 여행을 다녀온 후 추운 겨울을 보내고 다시 여름을 맞을 생각을 하니, 여름 속에서 겨울을 느끼며 보았던 알프스의 아름다운 풍경이 머릿속에 아지랑이처럼 피어오르기 시작한다.

지난해 6월 말부터 7월 초까지 알프스 트레킹 여행을 다녀오자마자 부랴부랴 원고를 써서 출판사에 보냈을 때는 에필로그가 빠져 있었다. 에필로그를 쓸 시간까지도 아껴서 빨리 원고를 출판사에 넘겨야겠다고 생각했기 때문이었다.

사실 여행을 다녀온 후 두 달도 채 되지 않은 짧은 기간에 원고를 완성한 이유도 알프스에 대한 너무나도 소중한 기억을 잊기 전에 글로 남기고 싶다는 마음이 컸다.

하지만 막상 출판사와 출간 계약을 마치고 나니, 책이 나오길 기다리는 시간이 마냥 길게만 느껴졌다. 그래서 출간을 기다리는 동안 알프스에 대한 그리움을 달래고, 또 알프스 여행에 대한 행복한 기억을 되새기기 위해 후기를 써야겠다고 마음먹게 되었다.

알프스 트레킹 여행을 다녀온 다음부터는 때를 가리지 않고 문득문득 알프스의 환상적인 풍광이 머릿속에 떠오르곤 한다.

지난겨울 눈이 내린 트레킹 길을 걷다가 갑자기 두리번대며 알프스 트레킹 길에서 만났던 들꽃들을 찾는 나를 발견하고는 '아, 여긴 한국이지' 하는 생각에 쓴웃음을 짓기도 했다.

물론 눈이 쌓인 한국의 겨울 트레킹 길, 파릇파릇 새싹이 반겨주는 봄과 짙푸른 여름의 트레킹 길, 낙엽과 단풍의 정취를 즐길 수 있는 가을의 트레킹 길도 좋다. 그렇지만 멀리 설산이 보이면서 들꽃이 만발한 들판을 가로질러 걷는 알프스의 트레킹 길은 생각만으로도 가슴이 벅차오른다.

이제 내 마음속에는 알프스가 아련한 첫사랑의 기억처럼 아로새겨졌다. 첫사랑은 마음속에 있을 때만 아름답다고 했으나 나의 알프스는 다시 찾아가도 가슴 뛰는 감동을 안겨줄 것 같다.

설사 첫사랑의 느낌이 사라진다 해도, 기회가 되면 다시 알프스에 가고 싶다. 그리고 내가 가고 싶은 만큼 다른 사람들에게도 알프스에 가보라고 적극 권하고 싶다.

혹시 이 책을 읽고 나서 알프스에 가고 싶은 마음이 생긴 독자들이 나에게 도움을 청한다면 기꺼이 도와주고 싶다. 알프스라는 나의 소중한 보물을 더 많은 사람에게 자랑하고, 또 보여주고 싶기 때문이다.

이 책은 읽는 것만으로도 알프스 여행에 필요한 정보를 얻는 데 도움이 될 것이다. 원고를 쓸 때 개인이 알프스 여행을 직접 계획하고 실행하는 데 도움이 되도록 하는 것에 중점을 두었음을 밝힌다. 만약 알프스에 대한 더 상세한 정보를 요청한다면 기꺼이 도울 것이다.

사실 여행은 비행기를 타면서부터가 아니라, 여행 계획을 세울 때 이미 시작된다. 특히 알프스 여행은 기차로 다니는 것과 트레킹의 비율을 어느 정도로 할 것이며, 호텔에서 숙박할 것인지 산장에서 숙박할 것인지 등 선택해야 할 사항이 아주 많은 게 특징이다.

이런 여러 선택지 중에서 함께 여행할 사람들의 체력과 감당할 수 있는 비용 등을 종합적으로 고려해서 계획을 짜는 게 쉬운 일은 아니다. 그러기 때문에 알프스 여행에는 상세한 정보와 경험이 더더욱 중요하다.

만약 이런저런 정보와 자료로도 여행 계획을 짜는 데 어려움이 있고, 패키지여행도 싫다면 알프스 여행 경험이 많은 리더가 이끄는 소규모 여행 밴드 모임을 활용하는 것도 고려할 만하다.

알프스 여행을 할 수 있도록 도움을 준 분들에게 감사를 드리고 싶다. 우선 내가 인도네시아 공장 건설 프로젝트를 맡도록 배려해 준 금강공업그룹 전장열 회장님, 박문수 부회장님, 이범호 부회장님, 동서화학공업(주)의 전상익 대표님, 홍영준 부사장님께 감사드린다. 이 프로젝트 덕분에 스위스 기술 제공회사를 방문하면서 알프스의 아름다운 풍광을 접할 기회를 얻었다.

그다음으로 알프스 3대 미봉 트레킹 여행을 소개해 준 이성문 원장님, 열과 성을 다해 이번 여행을 이끈 정성원 대장님께 감사드린다.

또 이번 여행에 함께했던 내 친구 김원하 님과 이명성 님을 비롯한 여러 일행, 특히 바쁜 시간을 내서 원고를 검토해 준 김종미 님, 문정순 님께도 감사를 드린다. 아울러 이 책을 출간하겠다고 흔쾌히 약속해 주신 지성사의 이원중 대표님, 잘 갈무리해 주신 편집팀과 디자인팀에도 감사드린다.

알프스 여행을 가기로 했다가 갑자기 무릎 상태가 안 좋아져 함께 가지 못하면서도 나에게 이번 여행을 떠날 수 있도록 격려해 준 내 사랑하는 아내 박영심 여사에게도 미안한 마음과 고마운 마음을 함께 전하고 싶다.